もうひとつの東京裁判

芝 正也

文芸社

◎登場人物

中谷信夫（なかたに　のぶお）
元陸軍少将。元特務機関に勤務。連合国軍側の証人。法廷のかく乱を画策。

川崎加代（かわさき　かよ）
中谷の愛人。元赤坂の芸者。銀座で小料理屋の女将をやっている。

川崎美子（かわさき　よしこ）
中谷と加代の娘。木内の恋人。連合国軍総司令部のタイピスト。

木内正司（きうち　しょうじ）
雑誌記者。美子の恋人。陸軍大学校で決起を促すビラを撒き退学処分。

乗岡　強（のりおか　つよし）
大東亜の論客と称賛された男。超国家主義を唱える過激な思想家。

堀部太一郎（ほりべ　たいちろう）
元陸軍作戦本部大佐。第一復員省に勤務。戦略家。再軍備を画策。

麻野富雄（あさの　とみお）
右翼の巨頭。超国家主義者。アジア各地からの亡命革命家たちを匿う。

トマス・マックス
連合国軍最高司令官。元帥。世界史の中に自分の足跡を残したい男。

ロイド・ジュリアス
連合国軍参謀部部長。少将。熱狂的な反共主義者。日本の再軍備を画策。

マリー・イダ
連合国軍民政局の職員。美子の同僚。日系三世。憲法改正草案に関与。

アーサー・グリス
連合国軍民政局局長。准将。憲法改正草案に関与。

本郷義美（ほんごう よしみ）
開戦時の首相。対米強硬派。強権的な独裁政権の下、憲兵隊を使って国民を支配。

富沢　靖（とみざわ やすし）
外務大臣。東京裁判時の首相。戦時中に憲兵隊によって国家侮辱罪で逮捕される。

加納弘二（かのう こうじ）
元陸軍大臣。元陸軍大将。軍人精神の信奉者。柳条湖事件の首謀者。

小田佐吉（おだ さきち）
元首相。元外交官。国士風の気質を持つ男。平和協調派。

宮田慎也（みやた しんや）
開戦時・終戦時の元外相。対米協調派。剛直で妥協を許さない性格。

ジョン・コニン
連合国軍首席検察官。ギャング退治を得意とする米国司法省の役人。

ロナルド・ミレル
検察官。元神学生。神の法を説く。神に代わって裁きを下す。

ハメル・トプラ
小田担当の弁護士。インド系米国人。反植民地主義者。

戸塚伊三郎（とづか いさぶろう）
宮田担当の弁護士。被告人個人の救済を第一の目標として弁護。

北島利郎（きたじま としろう）
弁護団団長。元衆議院副議長。日本が行った戦争の正当性を主張して弁護。

ジェームズ・バーガー
裁判長。頑なで意固地な性格。極端なスタンドプレーを好む。

本作品は史実をもとにしたフィクションであり、
実在の個人・団体などとは一切関係がありません。

その一

元陸軍少将の中谷信夫たちが集まったのは、中谷の愛人の川崎加代が女将をしている小料理屋だった。銀座にあるその場所は、以前は周囲にビルが建ち並び、夜にもなると怪しげなネオンが輝く一帯だったが、いまは当時の面影はどこにもなく、米軍の空襲によって爆破され、焼き尽くされ、鉄骨の床と天井と屋根だけになったビルとビルとの間には、焼け跡から拾い集めてきたトタンや木で急ごしらえで建てた、粗末な建物が建っていた。

その建物の店先ではメリケン粉で作られた得体の知れない代用食や、ダイコンやニンジンがわずかに浮かんだ汁、古着、古時計、アルミ製の鍋、バケツ、ヤカンなどが売られていた。また歩道には布のテントによしずを立て掛けただけの店や、木箱の上に板戸を載せただけの店、むしろの上に風呂敷を広げただけの店などがひしめき合うようにして並び、威勢のいい呼び声に交じってラジオから、「赤いリンゴに唇よせて……」という歌声が聞こえてきた。そして街角の至るところに通りの名前を英語で表示した道路標識が立っていた。

街には、ゲートル巻きにカーキ色の国民服と戦闘帽姿の男たちや、くすんだ色のモンペ姿の女たちが背中に大きなリュックサックを背負い、肩に布製のずだ袋を掛け、両手に大きな風呂敷包みを下げ、露店の店先で立ち止まり、物欲しげに店の中をのぞき込んでいた。その店先には公正価格の何十倍もするような法外な値段の品物ばかりが並んでいたが、このご時世には手に入れるのも困難なものばかりだったので飛ぶように売れていった。

また、真っ昼間から米兵目当てのパンパンガールと呼ばれる女たちが五、六人のグループを作り、ビルの壁や電柱にもたれかかり、真っ赤な口紅に、これもまた真っ赤なマニキュアを爪に塗って、通りがかりの米兵たちに声をかけていた。その女たちの中にはその道の経験のない、ずぶの素人の女たちも多数含まれていた。彼女たちは、外地からまだ復員してこない夫や兄弟たちを待ちながら、年老いた両親や子供たちを養うためにやむを得ずこの道に入っていった女たちだった。そんな彼女たちの切ない胸の内を思うと、戦争に敗れたことの惨めさと悔しさにさいなまれ、人々は彼女たちを横目で見ながら、足早にその横を避けるようにして通り過ぎていった。

しかしどのような偶然が重なったのかはわからないが、加代の店が入っているビルの一角だけは、戦火を浴びてその肌は赤黒く焼け爛れていたが、建物自体はそれほどの被害もなく建っていた。店の中は浮浪者たちによって荒らされたのだろうか、調理器具も食器類もすべてなくなっていた。しかし幸いなことにイスとテーブルだけは壊されず、そのままの姿で残っていた。

加代の店はカウンター席とテーブル席とが少しあるだけのこぢんまりとした店だったが、加代が疎開する前は、彼女が赤坂で芸者をしていた時代の馴染みの客や、新たに彼女の魅力に惹き寄せられて集まってきた客たちでいつも賑わっていた。店内の飾りや調度品も、よその店と比べても少しも見劣りしない立派なものを揃えていた。

加代は空襲が激しくなってきても店への愛着から東京を離れることができず、そのまま残って商売を続けていた。しかし空襲が日増しに激しくなり、もうこれ以上東京にいては危険だと中谷に言われ、加代は仕方なく親戚のいる信州へ疎開した。東京の街が大変なことになっているというのはニュースや人の話で聞き、それなりに覚悟はできていたが、一面が焼け野原と化した東京の街の姿を終戦後はじめて眼の当たりにして、加代は全身から力が抜け落ちていくような激しい虚脱感に襲われた。しかし加代の勝気な、そして生活力旺盛な性格は、そのままじっと黙って何もせず立ち尽くしていることはできなかった。加代は店の中をじっと見つめながら、すぐにでも店の再建に取りかからなければと考えた。

そこに集まってきたのは中谷と加代の他に、中谷と加代との間に生まれた美子の恋人で、いまは雑誌記者をしている木内正司と、「革新」を掲げる青年将校たちの理論的指導者として人々に恐れられた乗岡強であった。集まってみないかと声をかけたのは中谷だった。

加代は店の中に入るとすぐに懐から布を取り出し、埃をかぶったテーブルの上とイスの座面を素早く拭き、それが終わると、背中に背負ってきたリュックサックの中から酒ビンと湯飲み茶碗と長いロウソクを取り出し、彼女がここへ来る途中に露店の店先で買ってきたふかし芋と一緒にテーブルの上に並べ、ロウソクに火をつけた。陰気な店内がロウソクの炎でパッと明るくなった。

加代は口許に笑みを浮かべ、

「このお酒は、昔勤めていた赤坂の料亭の女将に頼んでこの日のために特別に手に入れたもので、メチルアルコールで作った得体の知れない、怪しげな酒とは違うわよ」

と言って、彼らの前の湯呑み茶碗に酒を注いでいった。

中谷はテーブルの上のふかし芋を眺めながら、

「大東亜の論客と称賛された乗岡強先生をお迎えする席には相応しくない品ばかりですが、このご時世ですので許してください」

と言って、乗岡に向かい深々と頭を下げた。

乗岡はそれに応え、

「そんなことは気にしないでいいよ」

と言って、テーブルの上のふかし芋をふたつに割って頬張った。

中谷たちは久しぶりの再会を祝い、しばらくの間、いま見てきたばかりの東京の街の様子や戦後の同僚たちの動向について話し合った。


そのうち何を思ったか、突然、中谷は全身を強張らせ、木内に向かって激しい口調でしゃべりだした。その眼は血走り、その大きな眼のまわりは異常なほど赤かった。しかし中谷の頭の中は極めて冷静だった。彼は人を扇動し動かすためには、その言葉を発する本人が狂人になって、その熱い思いと意志とを表に示す必要があると考えていた。

中谷元少将はどんなに緊迫した状況に置かれても、決して自分を見失うことがなかった。彼はいつも冷静に物事を計算し、その人に利用価値があるかないかだけを考え、利用価値があると判断すると、その人のこころの中に無造作に土足で踏み込み、利用できるものは骨の髄まで利用し尽くし、これ以上利用するものがないと判断すると、ゴミくずを道端にポイと投げ捨てるように無慈悲に切り捨てていった。彼はそのことに対して少しの良心の呵責も感じなかった。

彼は特務機関の一員として常に自己を厳しく鍛え、厳密に言葉を選び、自分が口にする言葉が人に与える影響を冷静に計算した。そしてひとたび相手に取り入ると、甘言の限りを尽くして相手を籠絡することに専念した。

*

裕福な商家の三男坊に生まれた中谷は、幼いころより、ピカピカに輝く軍帽をかぶり、厳めしい勲章を胸につけ、腰に軍刀を下げ、毅然とした姿で街中を闊歩する軍人に憧れていた。そしてお国のためなら何事をも恐れずわが身を捧げる彼らの潔い生き方に憧れていた。彼は中学校に進学するとすぐに自分の希望を両親に告げ、周囲の人々の期待を一身に背負い、陸軍幼年学校を受験し、優秀な成績で入学した。そしてそののちは陸軍士官学校、陸軍大学校と、彼が望んでいたとおりの、軍人としてのエリートコースを順調に歩んでいった。

中谷は常に軍人たちの中にいて、軍人としての眼をとおしてしか社会を見ることがなかった。彼は日本の威光を世界へ広げていくために、そして常に勝ち続けるために、軍人精神が何であるかを常に自らに問い続けた。彼は陸軍大学校を卒業し、陸軍参謀本部に配属されると、机上での作戦計画だけではもの足りず、自ら進んで前線へおもむき、自らが立案した作戦を実行しようとした。彼の作戦は一般的に考えられているような軍事を中心としたものではなかった。彼の作戦の主たるものは陸軍の武力や潤沢な資金を背景にして、敵の内部にスパイを送り込み、敵の弱点を見つけ出し、そこに付け入り、おだてあげたり、その気にさせたり、脅したり、すかしたりして敵を自分の思いどおりに操り、自分の企てた策略を実現しようとするものだった。中谷はそのような人を欺く陰謀を企てることが得意だった、というよりも彼の性に合っていた。中谷はまた、スパイから敵の情報を聞き出すだけではなく、逆にスパイを使って悪意に満ちた偽の情報をたれ流し、敵の内部をかく乱し、疑心暗鬼に陥らせ、敵の内部に裏切り者を作り出すことで、自分たちに都合のいい組織を敵の内部に作り上げようとした。

また彼の幼いころからの夢は敵の本陣を切り崩し、一番槍としての手柄をたてることだった。しかし残念ながら先陣をきって手柄をたてたのは、日清、日露戦争当時の、彼の先輩たちだった。彼らの武勲は華々しく讃えられ、神社に祭られ、人々の称賛の対象となっていた。しかし、その後塵を拝する自分たちにはそのような誉れを与えられる機会がいつ訪れるのか皆目見当がつかず、焦らずにはいられなかった。


中谷はすでに建国されていた満州国の周辺に新たな国を作ろうと策略を練った。しかしその計画は現地の軍閥に裏切られ、彼の一方的な勇み足に終わった。彼は出兵していた部隊の撤退を余儀なくされ、身内の軍人たちから敵前逃亡だと揶揄された。彼はその不名誉を挽回するために、なおさら武勲を焦り、無謀な策略を企て、失敗を繰り返した。

そして最後には軍内部の権力闘争に敗れ、中谷は現役から外されて予備役にまわされ、名誉の回復の機会を失ってしまったのだ。そのとき、彼はまだ五十歳を少し過ぎたばかりの働き盛りの年齢だった。

しかし中谷はそんなことでめげるような男ではなかった。彼は予備役にまわされたあとも、軍の上層部に不満を持つ連中と連絡を取り、名誉挽回の機会を窺った。そんな中谷が日本政府がポツダム宣言を受諾し、無条件降伏したと聞いたとき、彼は自分の前に大きく立ちはだかっていた障害が消え、もう一度、権力の中枢に近づくチャンスが生まれたと思った。

＊

中谷は、目鼻立ちの整った端正な顔をした木内の眼をじっと見据えたまま、微動だにしなかった。そして彼はこころの中でうごめく苛立ちを隠そうともせず、いやむしろ意図的に、大げさなぐらいに感情をあらわにしてしゃべりだした。

「きみには連合国軍の連中がいま何を考えているかわかるか。彼らは我々と同様に多くの友や肉親を戦場で失った。死んだ者はもう二度と戻ってこない。では生き残った者は戦死した者たちの霊に報いるために何をすればいいのだ」

木内は中谷の問いかけに素早く反応し、吐き捨てるように言った。

「仕返しです。報復です。仇討ちです」

木内の反応に中谷は満足し、大きくうなずいた。

「そのとおりだ。戦争は終わったとしても、まだ奴らの身体の内には戦場でのあの凶暴な血が燃えたぎっている。死んでいった同胞たちの霊に報いる方法は何だ。それは無念な思いを抱いたまま死んでいった者たちの霊前に、敵の大将の首を並べることだ。それが勝利をおさめた者の、ごく自然な感情だとは思わないか」

木内は中谷の誘いに乗せられていることには気が付かず、血の気の引いた青い唇を震わせて叫んだ。

「そうです。昔同じ部隊にいた同僚や部下、そして陸軍士官学校や陸軍大学校で同窓だった仲間たちが、祖国のために命を捧げ、戦場で散っていきました。彼らは祖国の名誉のため、また年老いた両親や幼い子や姉妹たちの命を守るために、敵と戦い、名誉ある戦死を遂げました。しかしその名誉を讃えられるべきはずの多くの屍は、いまもまだ誰に弔われることもなく、戦場の風雨の中に無残に晒されています。戦いに敗れた我々だって死者の叫びに応えたいと思っています。いわんや敵国の連中は、勝者であるだけに、勝利の日をともに祝うことのできなかった友の無念さを思うと、なおさらそう思っているでしょう」

中谷は木内の胸倉を掴まんばかりの勢いで、全身を前に乗り出した。

「そうだ。我々が見たくもない光景がこれから繰り広げられることになる」

「何もせず、黙ってそれを見ているわけにはいきません」

木内の眼から大粒の涙がこぼれ落ちた。その苦痛に歪んだ顔からは、敗者としてのどうしようもない無念さが滲み出ていた。

中谷はその機会を見逃さなかった。

「そんなことになれば、祖国の栄光を信じて散っていった友たちが許さない。我々にいまもまだ祖国の栄光を信じる思いがあるのなら、我々の戦いはまだ終わっていない」

中谷は若い木内の両手をしっかりと握りしめた。木内もまた中谷の両手を強く握り返した。

＊

木内正司もまた、陸軍士官学校を卒業し陸軍大学校に進んだ。彼が陸軍大学校に行く前に広島の砲兵連隊に赴任していたとき、農村出身の兵隊たちから、娘たちを身売りしなければ生きていけない農村の悲惨な現状を聞かされ、義憤に駆られ激怒した。木内はそれらの原因のすべては国の上層部の腐敗にあると思い込み、何とかしてこの現状を変えなければならないと思うようになった。彼は陸軍大学校在学中、自分と考えを同じくする同僚たちと話し合い、また上官たちにも働きかけ、何か事を起こす機会がないかと窺っていた。

しかし数年前に起こった二・二六事件を教訓にして、軍の上層部は二度とそのような失態を演じないために内部粛清を強化し、軍の内部に情報網を張り巡らせ、不穏な動きがないか常に監視していた。

木内は、憲兵隊の監視の眼に怯えた仲間に裏切られ、憲兵隊に監視されるようになった。そんな状況下では、ごく自然な成り行きとして木内の同僚や上官たちは自分たちのこれからのことを考え、木内から離れていった。木内はそのような事態を素直に受け入れることができず、怒りがおさまらなかった。私利私欲にまみれた上層部をこのまま放っておいたら、農家はますます疲弊し、この国は滅びてしまう。いま決起しなければ、いつ決起するのだ。

気持ちばかりがはやり、怒りを抑えることができなくなった木内は単独行動に出た。彼は政府や政党や財閥を批判し、決起を促す檄文《げきぶん》を学内にばら撒き、退学処分になった。

そんな血気盛んな木内に眼をつけたのが中谷だった。中谷はその当時、陸軍の特務機関の重要な役職についていて、木内が陸軍大学校で問題を起こしていたことは以前から知っていた。そして木内が決起を促すビラを撒き、退学処分になったと聞いたとき、こんな無鉄砲なことを平気で実行できるこの男を、自分の手許に置いておきたくなった。木内はそのとき、まだ二十七歳という若さだ。この男はいざというときには必ず役に立つ。正義のお題目さえ眼の前にぶら下げておけば、何も恐れず行動する。中谷は、お国のためにもうひと働きする気はないかと言って木内に近づき、とりあえず雑誌社にもぐり込ませ、憲兵隊の手先としてマスコミや言論界の動きを探らせた。

その当時、陸軍の憲兵隊は軍隊の中だけにとどまらず、本来は警察の管轄下であるはずの公安維持にまで監視の範囲を広げ、民間の思想を取り締まった。彼らは軍の方針に反対する思想のすべては国家反逆の罪に該当すると決めつけ、ちょっとでもそのような言動をする者がいれば、容赦なく逮捕し処罰した。憲兵隊の横暴さは誰の眼から見ても明らかだったが、誰も彼らに逆らうことはできなかった。そして戦争が激しくなるにつれ、ますます憲兵隊による恐怖政治が世の中を支配していった。

政府は自分たちの統制下に置いた教育機関や報道機関を通じて、国から受けたご恩に報いるため一命を捧げて働くことこそが、神聖なる国に生まれた国民の義務であり、かつ名誉ある使命であると国民の頭に叩き込んだ。そして、一旦兵士として戦場に出れば、親や兄弟や一族の名誉のために、そして家門の名を辱めないために、一心不乱にその務めを果たし、恐れることなく敵の面前へ突き進めと国民に向かって叫び続けた。

血気盛んな若者たちはその勇ましい、甘美な言葉に酔いしれ、敵の銃弾をも恐れず敵前へと突き進み、短い命を散らしていった。軍は彼らを英雄として祭り上げ、彼らの愛国の情に応えるために、なお一層、国家に身を捧げよと国民に呼びかけた。不思議なことに、戦死者の数が増えれば増えるほど、そしてその葬儀の列が長くなればなるほど、血に飢えたオオカミのようにマスコミも大衆も、敵意むき出しで戦意を煽った。

太平洋戦争がはじまると、一部の人間を除いて、国民大衆の多くは大本営が発表するニュースに一喜一憂し、戦果が上がれば歓声を上げ、街頭へ繰り出した。そして日の丸の旗を打ち振り、街中を練り歩き、歓喜の行進を行った。

そしていつの間にか、誰も批判的に大本営の発表を聞く者はいなくなった。戦争の犠牲者が出るたびに、彼らの気高き志に応えるために彼らのあとに続けと、軍もマスコミも国民大衆を煽り立てた。

遂に日本の領土の沖縄が米軍に占領され、いよいよ本土決戦の日が近づいてきたとき、国民の中には生きて辱めを受けるよりも、玉砕覚悟で敵に立ち向かい、最後は自らの手で死を選ぶことを覚悟する者たちさえ現れた。

しかしまだ十分に戦える戦力を本土に残していたのにもかかわらず、なぜか、敵に一泡吹かせることもなく、名誉ある死に場所を作り出すこともなく、決戦の日は最後まで訪れなかった。玉音放送がラジオから流れ、前線の兵士は白旗をあげ無条件降伏した。誰がこのような日が来ることを想像できただろう。多くの兵士たちは、生きて虜囚の辱めを受けるよりも死して名を残せと命じられ、玉砕覚悟で、「天皇陛下バンザイ」と叫びながら敵陣へ突進していった。しかし国民の中には、少数であったにしても、もうこれ以上戦っても、ただの犬死ににしかすぎないと思う者もいた。彼らは虚無と絶望と悔しさとの中で終戦の日を迎えることになった。

木内正司は玉音放送で日本の敗戦を知ったとき、その事実を受け入れることができなかった。神国である日本が負けるはずがない。そう軍隊で教え込まれた。そしてそのために勝利を目指して戦い続けてきた。しかしいま突然眼の前に現れた敗北という現実が、彼を混乱の渦に巻き込んだ。木内は、これはもしかしたら、敵国を欺き、本土に敵をおびき寄せる作戦ではないかと思った。しかし我々の、天皇陛下を最高の指揮官としていただく軍隊は、武人としての誇りを持った、栄光ある軍隊だ。後世に恥を残すようなだまし討ちなど決してしない。そうだとすればこれから我々がとるべき行動は潔く敗北を認め、責任をとって自決することか。

木内は一旦死を覚悟した。しかし思いとどまった。このまま終わるわけにはいかない。敵に一太刀浴びせるまでは、死んでも死にきれない。そんな思いで、何か事を起こす機会がないかと様子を窺っていた矢先に、折よく中谷に声をかけられた。そして今日の集まりに参加することになった。

*

乗岡強は超国家主義を唱える過激な思想家だった。国家はひとつの生命体であり、我々の前に出現した理念であり、自らの理念によってその目的を達成する普遍的な存在であると、乗岡は主張した。彼はまた、個人などという自立した存在はなく、個人は国家に帰属する存在にすぎず、国家という道徳理念の下でその理念の実現のために奉仕する存在であると主張した。乗岡はその考えを極端に推し進め、国粋主義的な超国家的思想を打ち立てた。

乗岡の超国家主義的な主張は、軍の一部の過激な青年将校たちが考える、天皇を国家の中央にいただき、その輝くひかりをあまねく世界へ広げ、この日本をアジアの盟主として世界の中心に据えようとする考え方と一致した。彼らは一命をもって奉仕する国家が、そのような崇高な存在であることを喜び、なおさら国家のために身を捧げなければならないと思うようになった。そしてそのような崇高な使命感と、現実のこの国の有様とを比較して、彼ら革新派青年将校たちはこの国をもう一度、元の姿、つまり開闢《かいびゃく》以来連綿と続いてきた、天皇を現人神《あらひとがみ》としていただく、元の純粋な国家に戻さねばならないと強く思うようになった。

いまのこの国は君側《くんそく》の奸《かん》によってご聖道が歪められている。君側の奸を取り除き、ご聖道を元の姿に戻さなければならない。彼らは若く純粋であるがゆえに、その考えも単純だった。彼らは乗岡の過激な言葉に惑わされ、一直線に乗岡の唱える革命の思想に溺れていった。世の中は私利私欲にまみれた悪人どもによって汚されている。悪人どもを倒し、正しい道に戻さねばならない。彼ら青年将校たちは軍の規律が乱れることも恐れず、過激な言動を好んで用い、事あらば武力を行使してでも、自分たちの信念を実現しようとした。

乗岡は、自分の理念を実現するために軍の内部に同志を求めるだけでなく、身近にいて自分の手先となって働いてくれる者を求めて奔走した。いつの間にか彼のまわりに多くの同志が集まってきた。

彼らは俗世に汚されたところのない純真な魂を持った若者たちで、弱い者いじめをする者がいれば、鉄拳を振るい、成敗してやるぞといった正義感にあふれた者たちだった。そしてまた彼らはこの社会に不満を持ち、「この世をぶち壊して、世直ししてやる」というような、過激な考えを持った暴れ者たちでもあった。彼らは社会の刷新を叫ぶ乗岡の言葉に惹き寄せられ、乗岡が一声かければ、すぐにでも武器を持って立ちあがる、思想を同じくする同志たちだった。

乗岡はそのような連中のリーダーに相応しい、カリスマ性を持った男だ。年のころはもうすでに六十歳近くになっていたが、声に張りがあり、一旦口を開くと言葉が止めどもなく流れ出し、人々を魅了した。彼は長身で、やせ形の体型だったが、背筋を伸ばして颯爽と大股で歩く姿は美しかった。

＊

乗岡は口許に彼特有の笑みを浮かべ、甲高い声で言った。

「この国の崇高な精神は、その精神の中に生きる者にとっては永遠であり、いまもまだ絶えることなく我々の血の中を脈々と流れ続けている。我々は国家と同一の存在であり、国家が永久不変のものである限り、我々もまた永遠不滅の存在である。このような偉大な精神を持った民族が、移民の国のアメリカなどに負けるはずがない。この戦いはまだ終わっていない。いまからまた新たな戦いの日々がはじまるのだ」

中谷はこの機を逃してはなるものかと勢い込んで叫んだ。

「乗岡さんの言われるとおりだ。我々は武器を取り上げられてしまった。しかし戦う方法は他にもある。情報戦を仕掛け、敵をかく乱し、敗北させることだってできないわけではない」

乗岡がそのとおりだというふうに眼を細めた。

「中谷少将殿が得意とする戦法ですね」

敗戦後忘れていた怪しげな熱気が、ロウソクの炎に揺らぐ薄暗い店の中に漂いはじめた。

中谷は顔を上気させ、得意げに言った。

「連合国軍の武力に怯えて、隅に隠れていてはいけない。これからの戦いは情報戦だ。連合国軍の連中に近づき、信用させ、彼らの懐にもぐり込むのだ。その手始めとして、わたしは彼らが喜びそうな、軍閥を強烈に批判した論文を書く。木内君、きみが勤めている雑誌社の雑誌にこの論文が掲載されるよう手配してくれ。連合国軍の連中はいま血眼になって、血祭りに上げるべき敵将の首を探している。しかし彼らは残念ながらまだこの国の内実をよく知らないし、いわんや軍の内部の力関係などまったく知らない。彼らは必ずわたしの書いた論文の内容に興味を持つはずだ。もっと詳しく知りたいと思ってわたしに近づいてくるはずだ」

木内が頬を強張らせて尋ねた。

「中谷少将殿。それはあまりにも危険な策ではありませんか。あなたは陸軍の上層部にいた人間です。叩けばいくらでもホコリが出てくる身体です。ひとつ間違えば、戦犯に問われる危険性があります」

中谷はその言葉を待っていた。彼は立ちあがり、大げさな身振りで、悲劇の英雄にでもなったような悲愴な顔をして言った。

「諺にもあるように、虎穴に入らずんば虎子を得ずだ」

中谷は人の意表を突く芝居がかったことをするのが好きだった。なぜなら人と一緒になって事を起こすには、嘘で塗り固めた絵空事であってもいいから、互いに共感できるものを作り出す必要があったからだ。彼はことさらわざとらしく、大げさな演技をした。そしてその演技が非現実的なものであればあるほど、不思議なことに、人を夢に誘い、偽りの一体感を醸し出した。そして多くの場合、その芝居は成功した。

しかし以前なら彼は冷酷な演出家として舞台の袖で、舞台上の役者たちの演技を眺めていればよかったが、今回は彼自身が舞台に上がらなければならなかった。それだけに一層演技に力が入った。

「わたしはこれまでもいろいろな局面で、策を弄し、悪知恵を働かせて戦ってきた。やりすぎて失敗したことも確かにあった。しかしわたしはどんなに危険な局面でもそれを切り抜け、生き延びてきた。木内君、心配しないでくれ。わたしは細心の注意を払って行動するつもりだ」

木内は中谷の覚悟を聞き、こころを打たれ、熱くなり、テーブルの上で両手を強く握りしめた。

「少将殿、あなたの覚悟はよくわかりました。我々のような長い歴史と伝統を持つ優秀な民族が、たかが数百年の歴史しか持たない移民の国に負けるはずがないのです。これはたまたま一時的に起こった、歴史の戯れです。戯れなら、その誤りを是正し、また元の正しい姿に戻さなければいけません。歴史の気まぐれを真に受け、敗北を認めたら、それで終わりです」

乗岡は獲物を狙う獣のようなギラギラした眼で、薄い唇を震わせ、間髪を容れず言葉を差し挟んだ。

「木内君、きみの身体の中にはまだこの国の魂が生きている。わたしはそのことを誇らしく思う。我々は建国以来ずっと民族の誇りを忘れず、守り続けてきた。我々の代でその高貴なる伝統に幕を閉じてはいけない。もしそんなことが起こったら、この国の神々が我々を業火の中に突き落とすだろう。正義の御旗は我々にあって、彼らにはない。中谷さん、そして木内君、やりましょう。中谷さんが敵の懐に飛び込み暴れ回るのなら、わたしは敵の面前で大声を上げて罵倒してやります」

中谷が何かを言おうとしたが、乗岡はそれを遮った。

「中谷さんの言わんとすることはわかっています。飛び出せば、即座に闇に葬り去られる。それではヘタな寸劇を見せるだけになってしまいます。ここはまっとうな戦いは避けて、横から、背後から敵に襲いかかるのです」

「それは愉快ですね。ところでどうやって戦うつもりです?」

木内の同意に気をよくして、乗岡は細い指を伸ばし、

「それは秘密です。あとの楽しみに残しておきましょう」

と言って立ちあがり、埃で汚れた床の上で軽やかにステップを踏んでみせた。そして彼は不気味な笑みを口許に浮かべ、未来を予言するように言った。

「彼らはこれからはじまる裁判を、やらなければよかったと後悔することになるでしょう。正義の仮面をかぶって正義の使者を演じたことを後悔し、このような煩わしい裁判なんかしないで、即決裁判で処刑しておけばよかったと後悔することになるでしょう」

木内はわけもわからず立ちあがり、興奮して言った。

「どうかわたしたちにだけでも、その仕掛けを教えてください」

乗岡は思わせぶりに、木内の眼の奥をのぞき込むようにして言った。

「そう焦りなさんな。でも必ず愉快なことになりますよ」

中谷が確信した声で言った。

「あなたは自ら望んで戦犯として逮捕され、法廷に立つつもりですね」

「さすがに、中谷さんだ。わたしの考えをお見通しのようだ」

「面白くなってきましたね。最も厳粛な正義の場であるはずの法廷を、あなたがそこに立

つことによって、喜劇の舞台に変えようというわけですから」

乗岡が愉快そうに言った。

「世界中が注目している、彼らがお膳立てしてくれた厳粛な舞台の上で、彼らを嘲笑できたら、これほど愉快なことはないでしょう」

中谷が立ちあがり、手を叩いた。

「ブラボー。乗岡さんが檜舞台に立つつもりなら、このわたしも恥ずかしながら黒子として舞台の上に出てみることにしましょう」

木内がテーブルの上から湯呑み茶碗を取り上げ、頭上に掲げ、

「名優がふたり揃えば、これは鬼に金棒ですね」

と言って、一気に酒を飲み干した。

すると中谷が素早く湯呑み茶碗を手に取り、

「いや、乗岡さんは稀代の千両役者かもしれないが、このわたしは哀れな道化だ。しかし乗岡さんの名演技の邪魔はしないようにするつもりだ」

と言って、木内と同じように一気に酒を飲み干した。

乗岡は真顔になって言った。

「これからの戦いがどう展開していくかはわからないが、負け戦はもうこりごりだ。今度は必ず勝つ。わたしのまわりには次の戦いに備えて武器を隠し持っている者がいる。彼らは世にいう無頼の徒かもしれないが、名誉を手に入れることができるのなら、命だって捨てる覚悟ができている連中だ。連合国軍との全面戦争など到底及びもつかないが、テロならいくらでも仕掛けられる。一人一殺。彼らを恐怖のどん底に陥れてやる」

木内が弾んだ声で言った。

「わたしは何をすればいいのですか」

中谷と乗岡が同時に答えた。

「雑誌記者としての身分を最大限に利用して、敵の内情を探るのだ」

＊

乗岡にはカリスマ性があり、その端正な顔立ちと身体の中から流れ出てくる神秘的な雰囲気が人々を魅了した。彼の言葉はあるときは過激に、またあるときは深い海の底から聞こえてくるように静かに、ある一定のリズムを刻みながら流れていた。

彼は長身で、色白で、この世とは別の、遠い世界を見つめているような不思議な眼をしていた。彼のまわりに集まってきた連中は、別の世界の住民でも見るように彼を眺め、憧れた。しかし残念ながら誰も彼の思想を正しく理解できた者はいなかった。

乗岡は自分の命を捧げても悔いのないものを追い求めてきた。それが異国の神であったこともあったし、ときには信仰すら捨て、虚無の世界に永遠の生を見つけ出そうとしたこともあった。彼は思想家であると同時に、求道者であり、過激な活動家でもあった。彼の中にあるこのような混沌としたものが相乗効果を生み出し、互いに激しく高め合いながら、至上のものへと昇華していった。そして最後にたどり着いた思想は、自分が生を受けたこの国が、彼が求めてやまなかった聖なる生命体だということだった。それは形而上学的な神の世界ではなく、明らかに存在する、この生きた地上こそが神の世界だということだった。

この地上そのものが神の世界であり、神の意志がそのままこの世界を支配し、歴史を動かし、すべてがそれに従う。彼は求道の末にようやく普遍的な、永遠の世界と一体化したのだ。彼は自らの命を捧げても悔いのないものを肉体のうちに感じ取ったのだ。彼は自分の中に神を見、神の中に自分を見た。そして彼の中ですべての存在が神格化され、彼は恍惚の世界に入っていたのだ。

乗岡の思想は論理的な思考の末にたどり着いたものではなく、彼の個人的な霊的体験に基づいて生まれたものだった。言わば一種の宗教的な世界だ。それだけに彼の教えは力強く、人々のこころを強く打った。そして彼の思想は時代の風潮とも一致した。

人々はいつ自分の身に死が訪れるかわからない不安な時代の中にいて、いつ死んでも悔いのない大義を求めてさまよっていた。特に軍人たちにはその傾向が強かった。「武士道とは死ぬことと見つけたり」。いつ砲弾の下をかいくぐることになるかもしれない、明日をも知れぬわが身にとって、死ぬことに何かの意味を見つけ出さなければ、死んでも死にきれない。それが彼ら軍人たちの強い思いだった。

では何のために死ぬのだ。軍人たち、特にその中の職業軍人と呼ばれる人たちはすぐにその答えを見つけ出した。それは幼年期より身体の隅々にまで叩き込まれた「軍人勅諭」と「戦陣訓」の教えだ。国より受けた恩義に報いるために、いざそのときが来れば、忠義の道を貫き、身命をなげうって、最後の一兵になっても戦い抜けという教えだ。彼らの肉体の中には個人の存在を超越した絶対的な存在があった。それは天皇と一体となった国家だ。そこが、国家をご神体として崇める乗岡の超国家主義的思想と一致した。

乗岡は神の意志の実現を、この世の理想郷の実現を、聖なる戦いを使命とする軍人たちに求めた。彼はいくつかのクーデター計画に関わり、最後は扇動者として逮捕され、獄に繋がれた。彼のこのような一連の行動が、彼をますます神格化させていった。

木内はいまにもドアから飛び出していきそうな勢いで、かかとを鳴らし直立不動の姿勢をとった。

＊

「早速いまから敵の情報を探ってきます」

中谷はそんな木内を見て少し不安になったのか、木内のはやる気持ちをしずめようと、小馬鹿にしたような、おどけた口調で言った。

「こそこそと動き回っていたら、逆に彼らに疑われる。雑誌記者として大胆に大手を振って歩き回れ」

木内は中谷の言うことを正面から受け止め、わかりましたというように大きくうなずいた。そして中谷に心配をかけてはいけないとでも思ったのか、弾んだ声で返事をした。

「敵を油断させ、隙をついて襲いかかる。これがスパイとしての最大の戦略ですね」

突然、中谷の頭の中に何かが閃いた。それは激しい稲妻となって輝いた。そしてこの閃きは、意外と恐ろしい結末を生み出すのではないかと思った。

中谷は姿勢を正し、乗岡の眼を見て言った。

「乗岡さん、女装して連合国軍最高司令官総司令部のある建物に出頭してみてはどうですか」

乗岡は、何を突然馬鹿なことを言いだすのだといった表情で中谷の顔を見た。ふざけ合っている場合ではない。いまはこれからのことについて真剣に考えていかなければいけないときだ。しかし中谷の顔は何かの確信を得たように真剣そのものだった。

乗岡はしばらく考えていた。そして中谷の本心を探るように冗談めかして言った。

「面白そうだな。思想界のカリスマ、処刑を恐れ、女装して出頭か」

中谷は力強く断言した。

「彼らを嘲笑う方法はこれしかありません」

乗岡もまた何かに思い当たったのか、ニヤッと笑って、曖昧に返事を返した。

「確かにそれもひとつの考えかもしれない。考えておく価値がありそうだ」


彼らはそれからもしばらくの間、ふかし芋を酒の肴にして話し合っていたが、日が落ち、あたりが暗くなりはじめたころ解散した。終戦後はじめて迎える十月の秋の夕暮れは人のこころを悲しく包み込み、建物の姿が消えた東京の街を赤く染めていた。

その二

中谷の所在を尋ねて米軍の将校が、木内が勤務する雑誌社に訪ねてきたと聞いてから一週間ほど経過した一月下旬、中谷の元に、陸軍省にかわって新たに設置された第一復員省から一通の電報が送られてきた。その文面は連合国軍の国際検察局に、一月三十一日までに出頭せよというものだった。中谷たちが仕掛けた餌に検察官が食いついてきたのだ。遂に戦いの火ぶたが切られた。

木内の話によれば、訪ねてきた将校の態度や話し方からは、すぐにでも中谷を逮捕するというような緊迫した気配は感じられなかったそうだ。

木内が、「三か月ほど前に仕事の関係で中谷さんに会ったが、そのあとは一度も会っていない。いま彼がどこにいるのか知らない。中谷さんの所在を知りたければ、第一復員省に尋ねてみればわかるかもしれない」と答えると、その将校はそれ以上何も聞かず、大人しく引き下がっていったということだった。

中谷はこちらから望んで仕掛けたこととはいえ、この一週間いつ呼び出しがくるかわからず、こころがざわめいていた。自分たちの手には何の武器もない。あるのは知力と胆力だけだ。果たしてこれで彼らの巨大な力に立ち向かうことができるのだろうか。連合国軍はこの国を占領し、統治するために、大量の兵器と人材を送り込んできた。それがたとえ体裁だけを整えた、急ごしらえの寄せ集めの部隊だったとしても、侮ることはできない。いまはまだ十分に態勢が備わっていなくても、それほど日を置かず、彼らは次々と優秀な精鋭部隊を米国本土から送り込んでくるはずだ。

それなら相手の態勢が整う前に奇襲を仕掛けるという手がないわけではない。しかし焦りは禁物だ。敵は我々の焦りを待っている。ヘタに奇襲を仕掛ければ、真珠湾攻撃のときと同じ失敗を繰り返すことになる。敵は真珠湾に多くの戦艦を浮かべ餌を撒いた。それに騙されて、我々は勝利を焦って襲いかかった。作戦は見事に成功したと思ったが、それは間違いだった。敵は我々を、卑怯なだまし討ちをした極悪人に仕立て上げ、「真珠湾を忘れるな」と叫んで、米国国民の戦意を煽り立てた。日本は敵のワナにまんまと引っかかってしまったのだ。そしてそのあとはどのような卑劣な作戦も厭わず、日本を攻め続けた。ではそのような敵に対抗するにはどのような作戦を立てればいいのだ。中谷は木内を呼び出し、連合国軍の様子をもう少し詳しく聞くことにした。

待ち合わせの場所は川崎加代の店だった。加代はあれからすぐに開店の準備に取りかかり、調理道具や食器類などを闇市からかき集めてきて、それなりに店構えを整え営業を再開した。
木内が店に顔を出すと、胸元を少しのぞかせた洋服姿の加代がカウンターの奥でタバコをくわえて頬杖をつき、気怠そうな表情を浮かべて店の中の様子を眺めていた。年は四十を少し過ぎていたが、さすがに元赤坂の売れっ子芸者だけあって容色は衰えず、ますます色っぽくなっていた。店の中は、厳しく電力制限されていたこともあり、一個の薄暗い裸電球しか灯っていなかったが、薄暗い部屋の中では数人の米兵と復員兵らしき客が、別々のテーブルで水商売らしい女を相手に頬を寄せ合うようにして卑猥な会話を楽しみながら酒を飲んでいた。

中谷は、千代春という名で店に出ていた加代に金を餌にして近づき、料亭に出入りしている政財界の大物や軍上層部の連中の動向を探らせていた。そして誰と誰とが頻繁に会っているか、金の使い方はどうか、また誰が誰の馴染みの芸者かといったことを事細かく加代に調べさせ、手に入れた情報を利用して、自分の出世と保身の道具に彼らを利用した。そのような欲と欲の絡み合ったふたりの醜い関係が数年にわたって続いていくうちに、中谷と加代は互いに別れられない仲になり、中谷は人気の盛りにあった加代を引き抜き、銀座に店を持たせた。

中谷が本気で加代を愛していたかどうかはわからないが、加代のほうは出世街道をひた走る中谷を本気で愛していた。中谷は自分の思いどおりに事が運ばないと、陰湿な仕返しを企むような、不気味さのある恐ろしい男だった。しかしどういうわけかはわからないが、加代は中谷の、その不気味さに何とも言えない魅力を感じていた。彼女は最初のうちは人を裏切るスパイのような真似をするのは嫌だったが、そのうち、人の弱みをネタにして人を支配することに快感を覚えるようになっていた。そしていつのころからか、彼女は中谷に指示されなくても自分から進んで情報を集め、銀座に店を出してからも中谷の役に立つような情報はないかと嗅ぎ回っていた。

「木内さん、中谷が奥の部屋で待っているわよ」

木内は軽く加代に会釈し、そのまま店の中を通り抜け、奥の部屋へ入っていった。その部屋は従業員が服を着替えるときに利用する狭い部屋だったが、休憩用の小さなテーブルとソファーがあり、密会をするのには最適な場所だった。

中谷はソファーに腰を下ろし、酒を飲んでいた。そして木内を見ると、挨拶もそこそこに話しはじめた。

「思っていたより少し遅かったが、いよいよ戦火を交えるときが来た。ところで連合国軍の検察官はわたしのことをどう思っているのだろう」

戦場へ出ると決まって、気持ちが高ぶっているのは、傍目から見てもすぐにわかった。木内は中谷の向かいの席に腰を下ろし、テーブルの上に用意されていたグラスに酒を注いで、一気に飲み干した。

「わたしなりに検察局の動きを探ってきました。彼らは我々が思っていたとおり、あなたが雑誌に投稿した、軍閥内部の状況を暴露した論文に興味を持ったようです。その理由がわかりますか」

木内は挑むような眼で中谷の顔をのぞき込んだ。そして声をひそめて囁くように言った。

「たくさんの首を絞首刑台の上にぶら下げなければ彼らの国の国民は納得しないのです。検察局は彼らの期待に応えなければなりません。しかし一旦正義の御旗を立て、正義の裁きをすると世界に宣言した以上、露骨な報復劇を演じるわけにはいきません。報復の舞台は、いま、手続きの煩わしい法廷の場に移されたのです」

中谷は唇を歪めニヤリと笑った。

「こんな面倒くさいことはしないで、勝利をおさめたその日に、敵の大将の首をはねておけばよかったのだ」

「そうです。彼らは後悔しています。しかしいまとなってはあとの祭りです。自分たちが選んだ道を嫌でも粛々と歩んでいかなければならないのです」

「恐ろしいことだが、彼らは偽りの正義でもってこの世界を征服しようとしている」

「それを暴くのが我々の務めです」

中谷は射抜くような鋭い眼で、チラッと木内の顔を見た。木内の顔は紅潮し、唇はわなわなと震えていた。この男に正義という言葉を投げかければ、あとは勝手に暴れ回ってくれる。しかしひとつ間違えば、思いがけない方向へ突っ走っていき、事態を混乱させる恐れがある。

中谷は木内の暴走を恐れ、言葉を慎重に選んだ。

「木内君の言うとおりだ。しかしわたしたちは、いまは限りなく弱い立場にいる。慎重に、用心深く行動することだ」

中谷の忠告には耳を貸そうともせず、木内は畳みかけるように意気込んで言った。

「敵国の国民は憎々しげな、ステキな首を探しています。もし間違えて、二流、三流の、国民の喝采を浴びる価値のない首でも吊るしてしまったら、彼らは自国民から嘲笑されるだけではなく、世界中の物笑いのタネにされてしまうでしょう。彼らはそれを恐れていま す」

中谷はそんなことはわかっているとでもいうふうに横柄な態度で言った。

「わたしの手に人身御供を選ぶ権限が与えられたということだ」

木内が細身の身体を乗り出してきた。

「開戦時の閣僚や大本営にいた幕僚たちは仕方がないとして、それ以外に誰の首を差し出すのです」

生臭い話になってきた。しかしこの問題から逃げだすわけにはいかない。

「わたしの考えでは、ごく限られた少数の人間に全責任を負わせ、あとは一切戦争責任を問われないということにしたいのだ」

「でもそううまくいくでしょうか。濡れ衣を着せられた連中は黙っていませんよ」

「誰もがそうだと信じたいことをしゃべれば、証拠が出てこなくても人はその話を信じるものさ」

中谷は謎めいたことを言って、木内にこの謎が解けるかというような顔をした。そして話題を変えた。

「ところでわたしが戦いを挑む相手の検察官はどんな奴だ」

「本国で司法省の役人をしていて、ギャング退治を得意としているそうです」

「わたしたちは連合国の連中から見たらただのギャングだということか。舐められたものだ。これから被告人に選ばれる連中は、この国の中枢にいて国民たちから国家の運命を託された、名誉ある地位にいた人たちだ。彼らがそんな安易な考えで我々を裁こうとするのなら、思いがけない結末を招くことになるのを覚悟しておくことだ」

中谷に何かの目算があったわけではない。しかしこの戦いに負けるわけにはいかないという強い決意があった。

「木内君、ひとつ間違えば処刑台に吊るされることになるかもしれないが、ここは勝負だ。我々は誇り高く、名誉を重んじる民族だ。もし仮にわたしが敵に倒されたとしても、わたしの屍を乗り越えて敵に戦いを挑んでくれ」

中谷はそう叫びながら、空気の淀んだ狭い部屋の中でテーブル越しに木内の手を強く握りしめた。木内もまた、中谷の手を強く握り返しながら、自分もいつの日か戦いに敗れ戦場に屍を晒すことになるかもしれないが、わたしたちが先鋒として敵に挑み続ける限り、あとに続く者は必ず現れてくれると思った。木内の胸の中に熱いものが込みあげてきた。

中谷は木内の反応に満足した。

「そう熱くなるなよ。戦いは、はじまったばかりだ」

その翌日、中谷と木内は東京駅の近くにある、連合国軍の検察局の入っている明治生命館を目指して歩いていた。そのビルの近くの通りでは、つい先日も、日本の国民に国力の相違を見せつける目的で、軍楽隊を先頭にして米軍の騎兵師団と歩兵師団とによる大規模な軍事パレードが行われていた。

中谷たちは屋上に星条旗がたなびく建物の石段を上り、六階の高さまである円柱を仰ぎ見ながら、ビルの入り口に立った。そこにはＭＰの腕章をつけ、拳銃を腰に下げ、銃の先に短い剣を取り付けた小銃を手にした四人の若い兵隊が立っていた。中谷たちが彼らの間を通り抜け、ビルの中に入ろうとすると、その中のひとりの兵隊に呼び止められた。

木内が要件を告げると、その兵隊は、他の兵隊を残してビルの中に消えていき、しばらくして数人の兵隊を連れて戻ってきた。そして木内に向かって、「もうきみは帰ってもいい」と言うと、中谷を取り囲み、三階の部屋へ連行し、ソファーに腰を下ろしてしばらく待つようにと命令した。そしてふたりの兵隊を残して、他の兵隊は部屋を出ていった。

中谷はかなりの時間待たされた。中谷が少しでも身体を動かそうとすると、すかさず後ろから、「じっとしていろ」と言って、銃剣を突きつけてきた。中谷は思わず昔のクセで、「無礼者」と言いかけたが、我慢して、浮かしかけた腰を元に戻した。部屋の壁にかかっている時計の針は小さく震えながら、刻々と時間の経過を告げていた。閉じ込められた狭い部屋の中で銃剣を手に直立不動で立っている兵隊たちは威圧的だった。

一時間ほどが経過したとき、突然部屋のドアが開き、先ほどの兵隊が以前と同じように数人の兵隊を連れて現れ、「これから首席検察官の部屋へ案内する」と言って、中谷を別の部屋へ連行していった。

中谷が案内された部屋は先ほどの部屋に比べてかなり広かった。部屋の壁にはアメリカ大統領の写真が掛かり、陶器の皿や壺や大理石の彫刻などが、サイドテーブルの上や陳列棚の中に飾られていた。部屋の様子から見て取調室とは考えられなかった。中谷は立ったまま待つようにと命令された。中谷は先ほどと同じように長時間待たされるものと覚悟したが、思っていたほど待つこともなく、二間続きの隣の部屋から大柄で恰幅のいい、少し赤ら顔の男が現れた。先ほどまで誰かと酒でも飲んでいたのだろうか、酒の匂いがした。

「そんなところにボケッと突っ立っていないで、お座りなさい」

そう言って、その男は大きなデスクの前のイスに腰を下ろすなり、少し離れた場所にあるソファーに中谷が腰を下ろし終わるのも待たず、早口でしゃべりだした。

「連合国軍を舐めたらアカンよ。調べはとっくについている。これまでいろいろと悪さをしてきたようだが、その中のひとつをとってみても、処刑台へ引きずり出すには十分だ」

中谷は何も答えず黙っていた。すると後ろに立っていた兵隊が大声を出した。

「黙っていないで、ちゃんと首席検察官殿に返事をしなさい」

最初から戦火を交えるのは得策ではないと思い、中谷は素直に答えることにした。

「中谷信夫です。階級は元陸軍少将で、最後に職にあったときの身分は、陸軍省の……」

「そんなことはあなたに言われなくてもわかっている。あなたから聞きたいことはただひとつ。中谷さんにはあなたの上司や同僚や仲間たちを裏切る勇気があるかということだ」

中谷はものの核心をズバリと突いてくるこの男に凄みを感じ、ここは少し虚勢を張ってみせることにした。

「わたしは日本帝国の軍人です。名誉を重んじ、恥を知る軍人です」

「ではその日本帝国軍人とやらの覚悟をここで見せてくれ」

挑発してきた。迂闊に相手のペースに乗ったら負けだ。ここは少し隙を見せ、敵を油断させるのもひとつの方法だ。

「そう言われてもすぐには返す言葉が見つかりません。いや、まいりました」

中谷はそう言って胸のポケットからハンカチを取り出し額の汗を拭いた。


中谷がいま相手にしているのは、今度の裁判で首席検察官を務めることになったジョン・コニンだ。彼は本国で合衆国司法省の刑事局長などを歴任し、犯罪者の検挙や取り締まりに多大な業績を残していた。しかしこれはあくまでもギャングなどのプロの犯罪者集団を相手にしてのことであって、国家の指導者を相手にするのははじめてだった。しかし彼の頭の中では国家が犯した犯罪も、犯罪者集団が犯した犯罪も同じものだった。彼は世界が注目する裁判の首席検察官に自分が選ばれたと知ったとき、崇高な使命が天上から舞い降りてきたと思い、小躍りし、勇み立った。

コニン首席検察官は日本へ着くなり早速戦犯探しに取りかかった。この戦争に関わりを持たない者は、一部の平和主義者や共産主義者を除いて、ひとりもいない。しかし全員を手当たり次第見境もなく逮捕するわけにはいかず、彼は被告人の選定に苦しんだ。考えてみれば日本の国家組織の仕組みも、意思決定のメカニズムもよくわからないのに、どうやってこの戦争の責任者を選び出すことができるのだろう。彼らは最終的に誰がどんな手続きを踏んで開戦の決断を下したのか、責任を負うべき者の範囲はどこまでなのか、その判断に苦しんだ。そんなときに、激しく軍閥を批判する中谷の論文が眼にとまった。彼らは、この論文の著者を連れてきてねじ上げれば、日本の意思決定の仕組みも、それに関わっていた人物たちも知ることができるのではないかと期待した。

コニンは大きな眼を見開き威嚇するように厳しい口調で言った。

「中谷さん、いいですか。あなたはいまは軍人でも、いわんや将軍でもないのです。ただの一介の、ひとつ間違えば牢獄に繋がれる危険さえある身なのですよ」

中谷はコニンの出方を探るために、もう一度虚勢を張ってみせた。

「わたしが脅しに屈するような男に見えますか。しかし真実を語れと言われるのなら、その準備はできています。日本を敗北に導いた連中をわたしは許すことができないのです。この戦争の敗因がどこにあるか、誰がその責任を負うべきか話す準備はできています」

コニンは背筋をまっすぐに伸ばし、相変わらず見下ろすように高圧的な態度で言った。

「じゃあはじめましょう。あなたの知っていることをありのまま、包み隠さず話してください。嘘をついたり、作り話をしたりしたら、そのときはわたしが許しません。しかし、ありのままに真実を語り、わたしに協力してくれるのなら、あなたの罪を問うようなことはしません」

コニン首席検察官は兵隊に命じて、隣の部屋に控えていた書記官たちを部屋へ呼び入れた。


中谷は、相手がどこまで日本政府の内情を知っているかを知る必要があった。しかし彼らが素直にそれを教えてくれるわけがない。敵は強力な切り札を何枚も持っている。そんな敵を相手にして、どうやって自分を勝利に導けるかが、これからの勝負だ。まずは見え透いた安っぽい手を打って、相手の出方を見ることだ。

「あなたのほうから質問して、わたしがそれに答えるという形式で調べをはじめてはどうですか」

コニン首席検察官は、中谷が何を考えているのかすぐに見破った。そんな安っぽい手に乗ってたまるものか。

「あなたが見聞きし、実際に体験したことを時間の流れに従って話してくれればそれでいいのです」

中谷は表情ひとつ変えず淡々とした口調で答えた。

「あなたもご存知のとおり、わたしは長い間陸軍の主要なポストに就いていました。しかしすべての現場に立ち会っていたわけではありません。そういうわけで、出来事の本筋を理解してもらうためには、どうしても人から聞いた話を補足的に付け加える必要があります」

早速予防線を張ってきた。嘘だと言われたら、すぐに責任を人に転嫁し、その場を切り抜ける魂胆だ。しかしコニンはそんなことを考えている素振りなど少しも見せず、柔和な笑みを浮かべて答えた。

「人から聞いた話のときは、そう言ってくれればそれで結構だ。必要があれば、話の裏付けはわたしのほうで取る」

「あなたの手の届かない相手がうじゃうじゃ出てきても、それでもいいということですね」

不思議なことを聞くものだと思い、コニンは少し気色ばんで言った。

「それはどういうことだ」

中谷は相変わらず顔色ひとつ変えず答えた。

「証言者の中に多くの死者たちが出てきてもいいかと聞いているのです。だってそうでしょう。今度の戦争では重要な任務と責任を負った人物たちがたくさん死にました。その中には敗戦の責任をとって自決した人たちもいます。彼らは多くの秘密を抱えたまま、自らの手で自分の口を封印したのです。わたしは特務機関という特殊な仕事に就いていたこともあり、職業柄いろいろな人からいろいろなことを聞きました。普通なら会えないような高い地位にいた人たちにも会いました。いまとなってはこれは貴重な体験です」

値をつり上げてきたな。それならそれで調子を合わせて話を聞いてやればいい。思いがけない話が出てくるかもしれない。

「まさか地獄にまで行って、死者からあなたが言った話の裏付けを取るわけにもいかない。しかしその話がなければ真実がわからないのならそれはそれで結構だ」

「それと、もうひとつお願いしたいのですが、失ったり燃やしたりした書類の話を持ち出してきてもいいですか」

人を馬鹿にしているのかと思い、コニンはさすがにムカッとした。

「ふざけているのか」

「いや、真面目な話をしているのです。わたしがこれから話すことは国家の機密に関する重要な事項ばかりです。これらの機密事項を裏付ける書類を敵に渡すはずがありません。敗戦を覚悟したとき、日本政府の役人や軍人たちは真っ先にそれらの書類を燃やしました。あなた方は陸軍省や内務省などの主だった官庁の中庭にうずたかく積み上がった灰の山を見たはずです。誰にこの戦争の責任があるかわからないように、彼らは証拠を消したのです」

「確かに中谷さんの言うとおり、よくもあんなにたくさん書類を燃やしたものだ。政府や軍の主要な建物の中から、書類が見事に消えていたよ。しかしいまとなっては彼らは馬鹿なことをしてしまったと後悔しているだろう。なぜならこれからはじまる裁判では国家の犯罪だけではなく、個人としての犯罪も問われることになるからだ。開戦当時自分がどのような立場にいたか、そして重要な会議でどのような意見を述べたか、どんな命令を下したか、それらのことが事細かく裁判で問われることになる。これから逮捕される者たちの中にはこの戦争を阻止しようとして努力した者もいるはずだ。しかし議事録や重要な命令書や決裁書類が焼かれてしまえば、自分がその当時とった行動を証明することができない。つまり確かな証拠に基づいて反論することができなくなるということだ」

「確かにあなたの言われるとおりです。彼らは自分の身を守ってくれるはずの証拠を消してしまったのです。しかし彼らはそれを悔いてはいません。いやしくも彼らは国家の最高決議機関の中にいた人たちです。国家の尊厳を守るために身を捧げても、自己弁護のために保身に走るようなことはしません」

「それはどうかな。彼らは自分の子供たちが罪人の子だと言われることを恐れ、自らの無罪を主張し、自らの名誉を守りたいと思うはずだ。違うかな」

「あなたが言いたいことは、これから被告人同士で醜い責任のなすり合いがはじまるということですか」

コニン首席検察官は顔を歪めた。犯罪組織の中に裏切り者を作り出し、法廷で争わせたときの醜い情景が眼に浮かんだからだ。この捜査方法は悪を探し出すための、避けては通れないひとつの手段かもしれないが、それほど愉快なものではない。コニンは意地悪そうな眼で中谷の顔をのぞき込みながら意味ありげに言った。

「いや、もうはじまっているかもしれない」

中谷は裏切りの誘いを仕掛けてきた相手からそう言われるとさすがにムカッとした。

「責任を逃れるためなら、人は何でもすると言いたいのですか」

そうムキになりなさんなというふうに、コニンはゆったりとした口調で言った。

「わたしたちはもう子供ではないのだから、そんな面倒くさい話をするのはやめよう。中谷さん、わたしはあなたの覚悟のほどを試してみただけだ。ここでは、あなたはあなたが知っている真実を語ればいい。わたしはわたしが必要だと思う真実をその話の中から見つけ出し、あなたに法廷で証言させるだけだ。それでいいですね」

「真実を語れと言われるのなら、被告人に不利になる事実だけではなく、被告人に有利になる事実だって証言台で証言してもいいということですね」

「裁判を支配し、コントロールしているのは我々連合国だ。その手のひらの中で暴れ回っている限り、好き勝手にすればいい。締め付けが必要だと思ったら、我々はいつだってできる」

「証言台から被告人席へということですか」

「そんな事態が起こらないことを願っている」

「そこのところは忘れないでくださいよ」

戦いがはじまった。プレーヤーは中谷とコニン。カードの山から札を引き、一枚ずつテーブルの上に置いていき、相手の手の内を探り、勝負を仕掛けるチャンスを窺う。

中谷は自分の話を信用させるために、上海事変のきっかけになった事件のことも、陰謀を巡らせて新しい国家を樹立しようとしたことも、包み隠さず慎重に言葉を選びながら告白した。

コニンは中谷の話を黙って聞いていた。そして話が一段落すると、もうこんな話はここまでだというふうに話を遮った。

「あなたの話の中には、はじめて聞く話もあれば、すでに調べてわかっている話もある。しかし、あなたがいま話したような事件は世界の耳目をひくような事件ではない。世界は極悪人の首を求めている。その周囲でうごめく小者の首など求めていない」

小者と言われて、中谷は自尊心が傷つけられムカッとした。しかしヘマをしない限り、自由に暴れ回れるということだ。

中谷は取り調べが進むにつれて、自分がどういうふうに振る舞えばいいのかわかってきた。中谷は次第に大胆になり、次々と実名をあげ、満州事変以来の主だった首謀者の首をコニン首席検察官に差し出した。もちろんその中には出世の邪魔をされ、逆恨みした相手も含まれていた。しかし差し出された首の多くは戦争の責任を逃れようとしても逃れられない人物たちだった。これ以上逮捕者を出さないための捨て石になるに相応しい人物たちだった。そして最後にその首の中に、開戦当時、戦火を交えるには時期早しと言って戦争回避に奔走した、本来なら今度の戦争の責任を問われる立場にはない乗岡の首を強引に紛れ込ませた。彼の顔は、写真写りのいい、色白で、知的で、狂気に満ちた、首を吊るすに相応しい美しい顔だった。コニンはその首に思慮分別もなく喜んで飛びついた。

コニン首席検察官たちは中谷以外にも、陸軍独裁の恐怖政治を批判し、逮捕されたり、沈黙を余儀なくされたりした人たちからの告発に基づき差し出された首のひとつひとつを検分し、自国民が喜びそうな首を選び出していった。つまり米国の検察官は米国の国民が、英国の検察官は英国の国民が、中国の検察官は中国の国民がそれぞれ喜ぶ首を選び出していった。そして最後にすでに選び終えていた首の一部を、あとから参加してきたソ連の検察官が差し替え、二十八名の被告人が決定した。

被告人の数が二十八になったのには理由があった。それは新たに設置された裁判所の構造によるものだった。どういう理由でそうなったのかはわからないが、裁判所には二十八の被告人席しか用意されていなかった。建物の構造の関係で何人かの人が命拾いしたことは確かだ。

その三

まだ寒さの厳しい二月半ばのことだった。開戦当時の首相であり、陸軍大臣でもあった本郷義美は姿勢を正し、度の強いメガネの奥から鋭い眼でコニン首席検察官の顔を見つめている。場所は巣鴨プリズンの取調室で、彼ら以外には書記官と通訳と監視兵しかいなかった。狭い部屋の中は暖房が効きすぎていたこともあり、男のむさ苦しい体臭で息が詰まりそうだった。その部屋は今度の極東国際軍事裁判に備えて急ごしらえで用意したもので、窓に取り付けられた鉄格子が居心地悪そうにガラス窓に張り付いている。

コニン首席検察官はイスに浅く腰かけ、大柄な身体を背もたれに押し当てて足を組み、見下すような横柄な態度で、しばらく本郷の顔を見つめていた。本郷の顔はニュース報道などで何度も見ていたこともありよく知っていたが、はじめて間近に眼にする本郷の顔は思っているよりもはるかに小さかった。

本郷はコニンの露骨な態度が不愉快だった。これがいやしくも一時は国家の最高責任者であった者に対する態度か。敬意を示せとまでは言わないが、少しは礼儀をわきまえろと言いたかった。しかしここで彼らに対抗するためには、あくまでも国の最高責任者であった者として、あまり感情を表に出さず、堂々と立ち振る舞うほか、方法はなかった。

巣鴨プリズンに配属された監視兵たちの多くは二十歳にも満たない若者たちである。彼らは米国でもよく知られた敵国の大将を、思いのままにこき使うことができるのが愉快でならなかったのか、先ほど掃除した箇所をまだ汚れているなどと言いがかりをつけた。仕方なくそれに従い、もう一度モップで同じ箇所を拭き直している本郷の姿を眺めては、優越感に浸り、彼の動きのひとつひとつに罵声を浴びせ、面白がっていた。

そしてまた、故郷の両親や恋人へでも送るつもりなのか、よく声をかけてきて、本郷と並んで記念写真を撮った。本郷は日本人としては平均的な体格だが、米兵に比べれば、場合によっては頭ひとつ以上身長が違い、横に並ぶと見下ろされているようで不愉快だった。しかし囚人の身では拒めば次に何をされるかわからず、仕方なく言われるままに彼らの命令に従った。本郷は侮辱されるとすぐにカッとなる性格である。しかし巨大な敵を前にしては自分自身の自尊心を傷つけないために、いまはじっと我慢するしかなかった。

コニン首席検察官が口を開いた。

「一九二八年にパリで採択された不戦条約では国際紛争を解決するための手段としての戦争は禁止され、国家間の紛争は平和的手段、つまり話し合いでもって解決を図るよう規定されている。あなたの国の日本もこの条約に署名している」

本郷は取調室に入るまでは、法廷に出て証言台で証言する以外、何もしゃべるつもりはなかったが、不戦条約を持ち出し、大上段に我々を断罪しようとするコニンの傲慢な態度に腹が立って言い返した。

「その不戦条約の中でもすべての戦争が禁止されたわけではありません。自衛のための戦争は認められているはずです」

コニンは何をふざけたことを言うのかといった態度で本郷を睨みつけた。

「今度の戦争を自衛のためのやむを得ない戦争だったとでも言いたいのか」

カッとなった本郷はコニンが次にどんな弾を用意しているのかなど考えず、一気に自分の主張を展開した。

「それだけではありません。今度の戦争は欧米の列強からアジアの民族を解放するための戦争でもあったのです」

「あなたがどう言い訳をしようと、あなたたちが犯した犯罪を歴史の中から消し去ることはできない。あなたたちはドイツとイタリアとの間で三国同盟を締結し、世界制覇を企て、侵略戦争を仕掛け、何の罪もない市民を残虐に殺害したのだ。これは間違いなく、国際条約で禁じられた戦争犯罪だ。このような残虐な戦争犯罪を誰かが裁かなければ、今度のような悲惨な戦争が、またどこかではじまるはずだ。このような悲惨な戦争の連鎖を食い止めるためにも、このたびの裁判において正義の裁きが行われなければならない」

独りよがりなことを勝手にほざきやがる。彼らが負けていたら、我々の側に正義があったということになるのだ。

本郷は嘲るように言い返した。

「正義の裁きですか。あなたは本気でそんなことを考えているのですか」

コニンは、本郷が自制心を失いムキになっているのを見逃さなかった。彼は蝶ネクタイを緩め、太い首を左右に揺さぶり、畳みかけるように言った。

「わたしたちは戦争のない、平和な社会を実現するために、正義の法に基づき、その務めを果たそうとしているだけだ」

「正義の法ですか。勝ったからそんなことが言えるのです。負けていたら、裁かれるのはあなたたちです。あなたたちは勝つために人殺しをしたことを、にわか作りの正義という名で隠そうとしているだけです」

「わたしたちはあなたたちを裁く権限を国際法に基づいて与えられているのだ」

「国際法では侵略戦争は禁止していても犯罪とは規定していないはずです。しかしわたしは神学論争めいた詭弁を弄して、あなたたちに戦いを挑むつもりはありません。それは法律の専門家に任せておけばいいことです。あなたに知っておいてほしいことはただひとつ、わたしは国民の生命を預かる者として、多くの国民を死に追いやる危険性のある戦争など決して望んではいなかったということです。わたしは戦争回避のために開戦の間際まで必死になってアメリカと交渉しました。今度の戦争はあくまでも自衛のためのやむを得ない戦争だったのです」

「どの国だって自衛のためだと言って戦争をはじめる。しかし宣戦布告なしで奇襲を仕掛けるような卑怯な真似はしない」

　この点が今度の裁判の争点のひとつになると本郷は思った。日本はあの奇襲作戦で、最も愚かしい形で、敵に戦う口実を与えてしまった。どこの国だって戦争をはじめる前は、互いに自分たちの戦争を正当化するために、立派な口実を作り出そうとして、丁々発止と外交戦略を展開する。今度の戦争は相手のほうが我々よりも戦略に長けていたということだ。我々はおめおめと敵の作戦に乗せられて、卑怯者という汚名を着せられてしまった。

本郷は背筋をまっすぐに伸ばした。口許が強張り、呂律が怪しくなった。

「あなたの国、アメリカは日米通商航海条約の廃棄を通告し、またイギリス、中国、オランダと提携してＡＢＣＤ包囲網を日本のまわりに張り巡らせ、日本資産の凍結、対日石油禁輸などの強硬策を実施し、日本を窮地に追い込んだ。このまま何もしなければ、日本は戦わずして敵に屈するという無残な状況に陥ることは確実だった。あなたたちは真珠湾に餌を撒き、我々をおびき寄せ、卑怯な奇襲攻撃を仕掛けたという虚構の事実を作り出し、自分たちの戦争を正当化した」

不利になると、急に態度を豹変させ、負け犬の遠吠えのように喚きたて、どこか安全な場所を見つけて姿を隠そうとする。これはギャングたちがいつも使う方法だ。ここは相手に逃げ場を作らせないために、さらなる一撃を加える必要がある。

「あなたは宣戦布告をするよりも一時間二十分も早く真珠湾を攻撃した。これは紛れもない事実だ。これを虚構だと言って、人を欺こうとしても、それは無理な話だ」

「わたしにはだまし討ちをするつもりなど微塵もなかった。わたしは奇襲作戦を計画していた海軍軍令部を説得し、事前にアメリカの大使館を通じて宣戦布告するように外務大臣に指示していた。しかし何かの手違いで、通告が遅れる結果となったことは悔いても悔いきれない。その結果、名誉ある大国としての威信が傷つけられ、あなたたちの宣伝材料に使われてしまった。しかしわたしはこのまま卑怯者の汚名を着せられておめおめと黙って死んでいくわけにはいかない。自分の国を卑怯者呼ばわりしたり卑下したりする者が現れないようにするためにも、今度の戦争は自国にとって正しい戦争だったということを主張し続けなければいけない」

あなたがしたことは、とっくに調べがついている。あなたの国の国民がどんなにあなたに苦しめられたかわかっている。それなのによくも臆面もなく、平然とそんなことが言えるものだ。本郷の鼻を明かしてやらなければ気が済まない。コニンはズバッと核心に切り込んだ。

「あなたは憲兵隊を使って、自分の方針に逆らう者を逮捕し、自国民を恐怖のどん底に陥れ、無理やり戦争へと突き進ませた」

「わたしは、不平分子を排除し国民のこころをひとつにして戦えば、軍備の面ではあなたたちの国に劣っていても、この戦争に必ず勝てると信じていた」

国家の指導者たる者が、こんな戯言を言って、世界に通用するとでも思っているのだろうか。

「そんな妄想を描いて戦っていたとすればお笑い草だ。この際はっきりと言わせてもらうが、それは国民に対する背信行為だ。確かに戦争では最後まで戦い抜くという国民の強い決意と意志も必要だろう。しかしそれよりも大切なことは、このように科学文明が発達した時代には、最後は武力の差が戦いを制するということだ。優れた武器を開発する能力があり、それを大量に生産するシステムが整っている国が最後には勝つのだ。軍人であるあなたならそのことを承知しているはずだ。闇雲に精神論をぶち上げて、国民を間違った方向へ導くのは、国家の指導者として決して行ってはいけないことだ」

国家の指導者でもない、一介の小役人にしかすぎない男に何がわかる。

「戦争は国をあげての総力戦です。そこに少しでも緩みが生じたら、すべてを失ってしまいます。国を治める者にとってこれほどの恐怖がどこにありましょう。戦争を戦うためには、国民を厳しく統制し、国をひとつにまとめていくことが必要なのです」

「あなたは独裁体制を敷き、ひとつの思想を国民に押し付けた」

「誤解しないでほしい。わたしは勝つために国家を純化しただけです。国家はひとつの意志を持った存在です。そして国民は運命共同体の一員として国家の意志に従うのです。そこに自由がないと言われれば、確かにそういうことになるでしょう。しかしそこには間違いなく運命共同体としての一体化した喜びがあるはずです」

コニンは狂信者の信仰の告白を聞かされているようで、このような常軌を逸した連中がこの国を支配していたのかと思うと背筋に悪寒が走った。この国の国民にとってそれは不幸なことだ。この呪縛からこの国の国民を解放しなければいけない。そのためには、この裁判をとおして彼らの正体を暴き、その醜い実体を白日の下に晒す必要がある。

「あなたは国家至上主義者ですか」

「わたしの描く国家は……」

本郷は、自分の言っていることを少しも理解しようとしない相手に対して、突然怒りの感情が込みあげ、それを抑えることができなくなった。

「これ以上何か言えば、あなたはわたしを狂人扱いするでしょう。しかし最後にこれだけは言わせてもらいます。わたしたちの国は、崇高なるものによって導かれた、世界に比類のない偉大な国だということです」

「崇高なものとは何だ」

「現人神を国主としていただく国だということです」

「そのためにあなたたちは国民を犠牲にしてまで、最後まで国体を守ろうとしたのか」

「崇高なるもの、つまり神から授かったものを滅ぼすわけにはいかないのです」

この国の国づくりの神話、つまり天照大神《あまてらすおおみかみ》にはじまり、皇孫瓊瓊杵尊《ににぎのみこと》から現代に至る日本の神話のことは知っていた。しかし開国以来、文明開化を旗印に掲げ、積極的に西洋の近代文明を取り入れ、近代化を推し進めてきたこの国が、そんな神話をいまだに信じていたとはにわかには信じられなかった。

コニン首席検察官は好奇心丸出しで尋ねた。

「ではお尋ねしますが、国家とは何ですか。それは人民の総意によって作り出されたものではないのですか。それとも神の意志によって与えられたものなのですか」

本郷はコニンの、人を小馬鹿にした態度にカッとなり言い返した。

「国体とは神聖にして、侵すべからざる存在です。そうでなくて、誰がひとつしかない大切な命を国に捧げるでしょう」

「わたしなら自分たちが作った国のために進んで命を捧げる」

「その国が、ときの権力者の都合に合わせて作り出された国であっても、そうするのですか。そしてまた、人為的に作られた、普遍性を持たない国であっても命を捧げるのですか。わたしにはそのような一時的に生み出された国に命を捧げることはできません。人は絶対的なものを希求し、そのものに帰依することによって、永遠の生命を得るのです。人にそういう熱い思いがなければ、命を捧げることはできません」

コニンは身体の中にたまっていた鬱憤《うっぷん》を一気に吐き出した。

「わたしには、鉄砲玉となって喜んで死んでくれる兵士を作るために神話の世界を作り出したとしか思えない」

本郷は、それ以上何を言ってもはじまらないと思い、口を閉ざした。そしてこれからもこのような不毛な争いが続くのかと思うとうんざりした。しかしそれと同時に、あとに残された国民のために自分の責務を果たさなければならないという強い思いが、こころの底から込みあげてきた。我々は戦いに敗れはしたが、文明の戦いに敗れたわけではない。正義がどちらにあるか、その答えを法廷の場で示さなければならない。そしていつの日か我々の戦いが正当に評価される日が来ることを信じて戦い続けなければいけない。

コニン首席検察官はそれからもたびたび本郷を取調室に呼び出し、犯罪を構成する事実関係をひとつひとつ丹念に調べ上げていった。

ではなぜそれほどまでに入念に証拠集めをしなければならなかったのか。それは世界中の人々が注目するこの裁判を成功させるためには、何が何でも本郷たちを極悪人に仕立て上げ、処刑する必要があったからだ。なぜなら、本郷たちが刑死することによって神格化され、殉教者として祭られ、復讐のシンボルになることを恐れたからだ。

コニンはそのような事態を避けるために、どうしてもこの裁判が、勝者が敗者を裁く復讐のための裁判ではなく、国際法に定められた手続きに基づき開かれた裁判だということを日本国民と世界の人々に信じ込ませる必要があった。つまり世界制覇という自分たちの野望を実現するために、国民を無謀な戦争に駆り立て他国を侵略した、国民と人類に対する敵だというレッテルを何が何でも本郷たちに張る必要があったのだ。そのためなら日本の歴史を書き替えることさえ彼らは厭わなかった。彼らは勝利の日から間をおかず、日本の報道機関を利用して一大キャンペーンを展開し、臆面もなく日本の歴史の中に土足で踏み込み、民主主義という正義の御旗を日本国民の頭上に掲げ、日露戦争以降の日本の歴史を軍国主義一色の歴史に塗り替えていったのだ。そして彼らはまたぬけぬけと、自分たち連合国軍は虐げられた人民を解放する正義の使者だと声高に叫び、その役割を忠実に実行していったのだ。

その四

木内は旧日本軍や政府内部の情報をチラつかせながら連合国軍の幹部に近づき、彼らが戦後の日本をどのような方向に導こうとしているのか探っていた。そんな一見怪しげな木内に興味を示したのが、策略家の連合国軍参謀部部長のジュリアス少将だった。冬の厳しい寒さが和らぎ、ようやく春の気配が感じられはじめた二月の終わりごろ、木内正司はロイド・ジュリアス少将に呼び出された。

ジュリアス少将は金髪で肩幅が広く大柄な男だった。彼はアメリカ軍の諜報機関に長く勤務していた関係もあって、いまは連合国軍の諜報機関の最高責任者として、日本国内の主だった組織を自分の監督下に置き、占領下にある日本のあらゆる動きを監視していた。そして特に利用価値がありそうな人物を見つけると自分のそばに呼び寄せ、スパイとして働かせた。そんな人物たちの中には、右翼の大物や陸軍参謀本部に勤務していたエリート軍人など、思いがけない人物が多数含まれていた。

最初のころ、木内はジュリアス少将が何を考えているのかよくわからなかった。しかし、ジュリアス少将の周辺を探っていくうちに、彼が熱狂的な反共主義者であることを知り、ようやく彼の一連の動きを理解できるようになった。

ジュリアスは太平洋戦争終結後の世界の動き、特にこれまでも犬猿の仲であったアメリカとソ連がさらに激しく反目し合い、いつまたどこで戦争が勃発してもおかしくない緊迫した状況になっていることに細心の注意を払っていた。

このような緊迫した状況下にあって、なぜこのような馬鹿げた真似をしたのかジュリアスにはよくわからなかったが、連合国軍が終戦後すぐに日本政府に命令して、共産主義者を牢獄から釈放したことが気に食わなかった。ジュリアスは、民主化の一連の動きを主導的な立場でリードした民政局の連中の中に共産主義者が潜んでいるのではないかと疑い、部下に命じ、民政局の連中のひとりひとりを調べさせ、逐次報告させていた。

ジュリアスはまたその一方で、あの悪名高い、そして日本国民を恐怖のどん底に陥れた特別高等警察、いわゆる特高の存続を強力に主張した。彼はこの組織を利用して、以前と同じように共産主義者を取り締まり、不穏な動きがあればすぐにでも逮捕し、彼らの活動を封じ込め、日本の共産化を防ごうと考えていた。しかし連合国軍の本部は彼のそんな考え方など一切無視して、民政局の主導の下、特高を解体させる方向で占領政策を推し進めていった。彼は連合国軍最高司令官のトマス・マックス元帥に直接反対の意見を表明したが、独裁政治から人民を解放するというお題目の下で、戦後の占領政策を推し進めている連合国軍には到底受け入れられず、ジュリアスの反対にもかかわらず、特高は間もなく解体された。

木内は、戦火で焼き払われすべての虚飾が取り除かれた寒々とした風景の中を、皇居のお堀端にある連合国軍の本部が入っている建物に向かって歩いていた。薄汚れた服を着て、うつむき加減で街を歩く人の表情は一様に暗く、いまは生きていくことで精一杯で、これから先のことを考える余裕は少しもないように見えた。木内は意気消沈し、他国の占領下で、他国の命令に従って生きていくしかない国民の物悲しげな姿を見て、無性に腹が立ってきた。しかしどうすればいいのかわからず、木内はその最善の策を探していた。そしてジュリアスから声がかかったとき、なぜかわからないが、もしかしたらそのチャンスが訪れたのではないかと思った。

ジュリアス少将は元陸軍少将の中谷信夫がコニン首席検察官と頻繁に会っているという情報を耳にし、部下に命じて中谷のことを調べさせた。部下の報告から、中谷が戦時中、軍の特務機関に勤務していて、大陸各地でいろいろと陰謀を巡らせ、不穏な活動をしていたことと、彼が終戦後すぐに軍閥批判の論文を雑誌に投稿したことを知り、ジュリアスはそのような中谷の経歴と一連の動きから考えて、どうもこれには何かのワナが仕掛けられているのではないかと疑った。しかし中谷の周辺を探ってみても、中谷が乗岡や木内ととときどき会っていることはわかったが、それ以上、中谷たちが何を企んでいるのか具体的にはよくわからなかった。

ジュリアスは、中谷たちを拘束し取り調べてみようかと思ったが、それよりも中谷たちを自由に泳がせて、場合によっては、こちらから働きかけ、中谷たちの企みに加担してみるのも面白いのではないかと考えた。そこで木内に直接会い、中谷たちが自分たちの誘いに乗ってくるかどうか探ってみることにしたのだ。

ジュリアス少将は大柄な身体を深々とイスに沈め、柔和な顔で木内に話しかけてきた。

「きみに、第一復員省に勤務している元陸軍作戦本部大佐の堀部太一郎に会ってもらいたい。わたしが直接乗り出していってもいいのだが、警戒されるに決まっている。彼もきみが陸軍大学校時代に檄文をばら撒いて、退学処分を受けたことを知っているはずだ。きみなら彼も安心して、こころを開いて話してくれるかもしれない。人から聞いた話では、彼は何かの目的で仲間を集めているそうだ」

木内は中谷たちのことを聞かれると思っていただけに、思いがけない話だった。これには何かのワナが仕掛けられている。もしかしたら自分を仲介役にして、ジュリアスは自分の計画を実現するために中谷たちに堀部を引き合わせようと企んでいるのかもしれない。もしそうだとすれば、これをひとつのきっかけにして何かが動きだすかもしれない。

堀部大佐のことは中谷からも、また元の軍人時代の仲間たちからも聞いていて、興味を持っていた。しかしこれまで木内は一度も堀部に会ったことがなかった。

堀部太一郎元大佐は虚栄心のかたまりのような男で、自惚れが強く、自分の立てた作戦はことごとく成功すると信じていた。そして、もしその作戦が失敗でもしようものなら、その責任のすべてを現場の指揮官に押し付け、反省することなど一度もなく、相も変わらず、平然と机の上で作戦を立て続けていた。しかし将軍たちは、理路整然として見た目にも美しい彼の机上の作戦に惑わされ、終戦のときまで一貫して彼を支持し、彼の立案した作戦に基づき現場に指令を出していた。堀部はそのことで一層傲慢になり、陸軍内でもひと際目立つ存在になっていた。


木内は何食わぬ顔をして探りを入れた。

「堀部さんを戦犯で逮捕するのに必要な証拠が欲しいのですか」

「いやそうではない。堀部に人を集める力がどれだけあるか探ってほしいのだ。もし仮にそれだけの力が彼にあるのなら、わたしが考えていることに力を貸してほしいのだ」

「少将殿が考えていることとはどんなことですか」

ジュリアスはテーブルの上の箱から葉巻を取り出し火をつけた。

「いまはまだ公にはできないが、連合国軍の中にもわたしと同じ考えを持っている者がかなりいる。しかしいまの日本の占領政策を担当している民政局は、それとはまったく反対の政策を推し進めている。つまり日本を非武装化し、二度と戦争のできない国へ作り変えようとしている。軍隊を持たない国家なんてわたしには想像ができない。わたしから見れば、彼らは日本から主権を奪い、アメリカの支配下に置こうと企んでいるとしか思えない」

ようやく話の筋が見えてきた。自分を橋渡しにして、堀部と中谷たちとを近づけ、あわよくば、彼らを利用して、日本の政府の内部から日本の武装化の声を上げさせようとしているのだ。しかしジュリアスが本気で日本の将来のことを考えているとは思えない。ここはもう少しジュリアスの本心を探ってみる必要がありそうだ。

木内は危険を承知で敵の懐に飛び込んでいった。

「わたしもそう思います。武力を持たない国家なんて、国家とは言えません。武力がなければ、外国との交渉だって、相手の言いなりで、武器を突きつけられたら引き下がるしかありません。国民を外国の脅威から守れなくて、それで国家と言えるでしょうか」

「そういうことだ。しかし戦争に負け、連合国の占領下に置かれている日本にとっては、連合国軍に逆らうわけにはいかない。――ところで話は変わるが、今度の戦争はどういう理由ではじまったと思う?」

そう言って、ジュリアスは大きな身体を乗り出してきた。

「この戦争は、これまで世界を支配していた国から力尽くで植民地を奪い取り、身の程もわきまえず一等国にのし上がろうとした後進国の日本やドイツを叩き潰し、もう一度自分たちの手に世界を取り戻そうとしてはじめた戦争だ。しかしいまの、民主主義が発達した時代で戦争をはじめるには、本音を隠し自分たちに正義があるように見せかける必要がある。そして勝利をおさめたいまは、その偽りの正義をより一層本物に見せる必要がある」

迂闊に、そうだそのとおりだと相槌を打てば即座に闇に葬られるかもしれない。これは危険な賭けだ。しかしその中に飛び込まなければ先の展望は見えてこない。

「偽りの民主主義は、いつかは化けの皮が剥がれるということですか」

「そういうことだ。わたしは敵国の立場から見ても、堀部元大佐のこのたびの戦争での軍事作戦を高く評価している。その彼がどのような形で人を集めようとしているのか興味がある。そして彼の考えとわたしの考えとが一致していれば、何か協力できることがあるかもしれない。ただし、念のため言い添えておくが、行き過ぎはダメだ。これはあくまでもわたしたちが許容できる範囲でのことだ」

ジュリアス少将は葉巻をくゆらせながら満足そうにニヤリと笑った。それは敗者にとっては不愉快な、勝者の側にいる者の笑みだった。そして別れ際に念押しするようにジュリアスが言った。

「この話が民政局の連中に知れたらまずいことになる。くれぐれも慎重に行動してくれ。

それに民政局の連中だけではなく、日本の政治家や官僚たちの動きにも注意してくれ。彼らの中には、民政局の連中と結託して、我々の動きを阻止しようとしている連中がいる」

すべての日本人が敗戦を悲しんでいたわけではない。中には軍事独裁政権から解放されたことを喜ぶ日本人もいた。そう考えれば、再軍備に反対する人間が政府や政治家の中にいても少しもおかしくはない。日本は日清戦争以来、息をつく暇もなく、戦争に明け暮れてきた。しかし戦争で勝利をおさめている間は、たとえ働き手を赤紙一枚で戦争に奪われ生活が苦しくなっても、また身内に戦死者が出ても、国民は勝利の喜びに我を忘れて狂喜した。しかし酔いが覚め、悲惨な敗戦の現実に向き合ったとき、人々は戦争に対する嫌悪感に見舞われた。そんな反戦ムードの漂う中で、「再軍備を」と叫ぶ者は昔の栄光を忘れられない軍人たち以外には考えられなかった。

またそのような反戦ムードとは別に、革新派を自称する一部の政治家たちは戦前の保守勢力を一掃し、自分たちの手に権力を掌握しようとして、連合国軍が作成する公職追放者リストに積極的に協力し、平和国家を旗印に掲げ、自分たちの勢力を拡大しようとした。このような状況は平和主義の理念を政争の具に利用しているといわれても仕方のない状況、だった。しかし革新派の企みは連合国軍の平和主義を唱える占領政策と一致し、連合国軍の協力を得やすかった。彼らは互いにそれぞれ別々の思惑を胸に秘めながら、表だけではなく、裏でも手を結び、旧勢力を駆逐していった。

木内は堀部元大佐に会いに、彼が勤務している第一復員省へ出向いた。第一復員省の入っている建物はかつての陸軍省の建物だった。しかしその建物には昔の面影はどこにもなかった。木内は受付で名刺を差し出し、「調査部の堀部さんにお会いして、外地からの引き揚げの状況を教えてもらいたいのですが」と係員に告げた。受付の係員は、「少しお待ちください」と言って、ロビーの奥のイスを指差し、「あそこに座ってお待ちください」と言い、テーブルの上にあった受話器を取った。

木内はしばらくイスに座ってあたりの様子を窺っていた。以前は軍刀を腰に下げた将校たちが大手を振って颯爽と広い廊下を歩いていたが、いま彼の眼の前を歩く人たちは旧日本軍の黄色い星の付いた戦闘帽をかぶり、階級章を剥ぎ取った軍服を着て、心なしか背を丸め、疲れた表情を顔に浮かべていた。

この建物で働くのは、旧陸軍の復員業務を担っている人たちだった。彼らは、外地で敗戦を迎え、武装解除されたのち戦犯の容疑をかけられ、戦勝国の兵士や外地の住民たちの敵意と憎悪に取り囲まれ、恐怖に怯えながら取り調べを受けている元兵士たちを、一日でも早く内地へ帰還させようとして、必死の思いで働いていた。

しばらくして奥から、人を威圧するような鋭い眼をしたがっちりとした体格の男が現れ、受付の前に立ち、受付の係員と二言三言言葉を交わすと、すぐに木内のほうに向かって歩いてきた。木内の前まで来ると、堀部は受付で渡された名刺を手にしたまま、表情ひとつ変えず、厳しい口調で言った。

「あなたがかつて憲兵隊のスパイとして中谷少将殿の下で働いていた木内さんですか。人から聞いた話では、あなたは優秀なスパイだったそうですね。こんなところで立ち話をしていてもなんですから、外へ出ませんか」

堀部は木内の返事も待たず、玄関へ向かって歩きだした。木内は慌てて堀部のあとを追う。

「どうせ人に聞かれては困るような話を持ってきたのでしょう。ところでまだ中谷少将殿の下で働いているのですか。そういえばあなたは、中谷さんが妾に産ませたお嬢さんと交際していそうですね」

どこからそんな情報を手に入れるのだろう。木内は急に堀部が恐ろしくなった。

終戦から少し時間が経過したこともあり、道沿いに並ぶ露店の店先には旧日本軍の隠匿物資や米軍から流れてきた軍需物資などが山積みにされ、また闇市から仕入れてきたダイコンやニンジンなどを切り刻んで大鍋で炊いた雑炊が丼で売られていた。堀部たちはバラック小屋の前を通り過ぎ、レンガ造りの洋館の中に入っていった。

「ここは軍隊時代からの馴染みの店で、いまでもいろいろと便宜を図ってもらっている。人目を忍んで会うにはもってこいの場所だ」

秘密の場所に案内してくれたということは、堀部が自分に好意を寄せてくれているということだろうか。

店はそれほど広くはなかったが、奥に二部屋ほどドアで仕切られた部屋があった。堀部は入り口のところに立っていた年配の男に声をかけ、さっさと奥の部屋へ入っていく。そしてイスに腰かけると、木内が腰を下ろすのも待たず、話しはじめた。

「誰に頼まれて会いにきた。中谷少将殿か。少将殿だとしたら忠告しておく。少将殿は元陸軍の連中に命を狙われている。あれだけ派手に連合国軍の建物に出入りしていたら、裏切り者と思われても仕方がない。一体、中谷少将殿は何を企んでいるのだ」

木内がジュリアス少将に頼まれて堀部に会いにきたことはまだ気が付いていないようだ。堀部はどこまで中谷のことを知っているのだろう。堀部と中谷は勤務していた部署も違い、年齢も離れていたので、それほど接触する機会はなかったはずだ。しかし互いに押しの強いところがよく似ていて、意識し合っていたことは確かだ。

ところで乗岡が中谷と行動をともにしていることを堀部は知っているのだろうか。しかしここで互いの胸の内を探り合っていても仕方がない。ここはひとつ危険を冒してでも、一気に核心へ迫る必要がある。木内はそう思い、ズバリと核心に足を踏み込んだ。

「確かにいまも中谷さんの下で働いています。しかし大佐殿、あなたに会いにきたのは中谷少将殿に頼まれたからではありません」

堀部は口許を少し歪め、探るような眼で木内を睨みつけた。木内は堀部の返事を待たず話し続けた。

「わたしはお国のためなら命を捨てる覚悟はできています。堀部大佐殿もそれは同じだと思います。ところで話は変わりますが、耳寄りな話を連合国軍の参謀部から聞いてきました。それであなたに会いにきたのです。その話というのは連合国軍の主要なポストにいる人物があなたに関心を持っているということです」

「なぜわたしに興味を持ったのだ」

「わたしとあなたの間で、そんなとぼけた言い方はやめてください。わたしは真剣なのです。あなたの下で働いてもいいとさえ考えているのです」

「わたしはいまきみにどう返事をすればいいのかよくわからない。しかしきみが本音で話すつもりなら、わたしも本音で話す。きみの話を聞かせてくれ」

木内は堀部の顔をじっと見つめた。ひとつ間違えば抜き差しならないところへ追い込まれるかもしれないが、ここは堀部を信じるしかない。

「わたしたちはこれからはじまる極東国際軍事裁判の法廷で、世界に向けて連合国の正体を暴いてやろうと計画しています。そしてそれをきっかけにして、連合国への憎悪を駆り立て、日本の再興を実現しようと考えています」

予期していなかったわけではないが、突然何かが頭の中で閃き、堀部は何の前触れもなく尋ねた。

「きみたちの仲間の中に乗岡強もいるのか」

嘘をつけば堀部は離れていく。しかし木内は即答することをためらった。なぜなら堀部に会いにいくことは中谷にも乗岡にも話していなかったからだ。木内は乗岡の名前を彼らの許可なしに口にしていいのかどうか判断に迷った。しかしここでこの話を打ち切ってしまったら、日本の将来に禍根を残すことになるかもしれない。もしかしたら中谷たちを裏切り、彼らを窮地に陥らせることになるかもしれないが、そのときは腹を切れば済むことだ。

「乗岡さんはわたしたちの仲間です」

堀部は天井に眼をやり、しばらく黙っていた。そして考え深げに大きくうなずいた。

「いよいよ乗岡さんが乗り出してきたか」

復活の日が来る目処もなくこのまま沈んでしまいそうな日本を救うために乗岡強が立ちあがったと知れば、敗戦でこころが挫けそうになっている国民も奮い立つに違いない。戦時中も乗岡の思想は日本の進むべき道を指し示してくれた。焼け野原と化した国土から再び日本が立ちあがるためには彼の思想が必要だ。

「ところで乗岡さんはどんな役回りを演じるつもりだ」

「乗岡さんには被告人として法廷に立ってもらいます。そしてこの裁判は勝者が敗者をなぶりものにする、世にも見苦しい茶番劇だと言って、彼らを世界中の笑い者にするのです」

「うまくいけば国民は喜ぶね。しかし情報戦に関しては連合国軍のほうが我々よりも一枚も二枚も上だ。木内君もすでに新聞を見て知っているとは思うが、彼らは新聞紙上で一大キャンペーンを展開し、これまでの日本は軍人を中心とした独裁政権に引きずられ、世界平和とはまったく逆の方向へ歩んでいったと主張し、日本国民の頭の中を反軍閥一色に洗脳しようとしている」


堀部はそう言って一旦言葉を区切り、悔しそうな表情を浮かべ、また話しはじめた。

「日本の報道機関はこれまでの大本営一辺倒の態度から一変して、今度は手のひらを返したように連合国軍に媚を売り、彼らが一方的に提供する情報をこれもまた以前の大本営発表のときと同じように、何の批判も加えずそのまま垂れ流している。確かに連合国軍によって報道の内容が検閲され、言いたくても何も言えない状況にあることは十分承知しているが、それにしても少しは抵抗の姿勢を示してもいいものだ。日本の報道機関の、昔と変わらない弱腰の、不甲斐なさには腹が立つ。しかし日本国民は、連合国軍の思惑どおり、自分たちが戦争を賛美した時代があったことを忘れ、自分たちの戦争責任は一切問わず、悪いのはすべて軍閥だと考えるようになった。連合国軍が仕掛けた情報戦に負けたら、もう二度と栄光に満ちた日本の姿を見ることはできない。日本は二流、三流の、誇りを失った別の国に生まれ変わってしまう」

「そうです。彼らの仕掛けてきた情報戦に負けたら終わりです。大佐殿もご存知のとおり、彼らが新たに仕掛けてきた戦争は、自分たちが戦場で行った大量殺戮を正義のための正当な人殺しだったと言いたいために考え出した欺瞞です」

「戦時中の我々の言い分も同じだと言えないことはないがね」

その皮肉めいた言葉とは裏腹に、堀部の眼は少しも笑っていなかった。我々には後悔している余裕などどこにもない。すぐにでも再起を目指して立ちあがる必要がある。堀部はこんなときこそ、こころの支えになってくれる強いリーダーが必要だと思った。彼は乗岡たちの戦いに一縷の望みを賭けてみることにした。

「世界中が注目する法廷で、連合国の化けの皮を剥がすことができたら、それは痛快だ。敗戦によってこころが挫け、気持ちが萎えている国民にとって、それがどんなにこころの支えになるかわからない。乗岡さんが法廷で戦いを挑むのなら、わたしは政府に働きかけて軍隊を作る。富沢靖外務大臣のように連合国軍の顔色ばかり窺っている連中など相手にしていられない。政府の中には気骨のある連中がまだたくさん残っている。いま彼らと連絡を取り合っているところだ」

遂に堀部は本心を打ち明けてくれた。いよいよ戦闘開始だ。

「たくさん集まりそうですか」

「政府の方針を変えるまでの勢力はまだ集まっていない。しかし日本人は戦争に敗れたからといって、まだ誇りと気骨は失っていない。わたしはそれを信じている。木内君も知り合いに声をかけて、わたしたちの戦いに参加してくれ」

「もちろんです」

と言って、木内は強く両手を握りしめ、顔を赤くした。陸軍大学校にいたときにひとりで檄文をばら撒いたときのことを思い出した。自分の中にはまだ昔と同じ荒々しい血が流れている。そう思うとうれしかった。撤退などという言葉は自分の頭の中にはない。討ち死にしても構わない。ただ前進あるのみだ。

「その意気込みはありがたいが、それだけではいまの憲法改正の流れを変えることはできない。連合国軍は日本を、戦力を保持しない平和国家へ変えようと目論んでいる。この方向を転換するためには、連合国軍の中にいる主流派とは考えの異なる勢力と手を結ばなければならない。連合国軍の中には共産主義を毛嫌いしている連中が大勢いて、彼らは共産主義のソ連が勢力を拡大する前に叩き潰してしまおうと考えている。そのためにはたくさんの兵隊が必要だ。ではその兵隊をどこからかき集めてくるのか？　連合国軍は今度の戦争で多くの兵隊を失った。もうこれ以上自国の兵隊を戦場で失うわけにはいかない。それにまた新たに戦争をはじめれば、国内で反戦運動が起きる心配がある。――そこで眼をつけたのが我々日本人だ。日本人の中には天皇制を維持するためには何が何でも日本の赤化だけは防がなければならないと考えている連中がいる。その勢力を利用すれば、兵隊となって連合国軍のために働いてくれるかもしれない。彼らはそう考え、日本の中にいる再軍備化を企てている連中と手を結ぼうとしている。このチャンスを見逃してはいけない。わたしは連合国軍の中にいる反共主義者たちと手を組んで日本の再軍備化を図るのが、最も現実的な方法だと思っている」

「大佐殿、あなたの話から察すれば、もうお気付きになっていると思いますが、わたしがここへ来たのは連合国軍参謀部部長のジュリアス少将に頼まれたからです。彼はあなたに興味を持っています」

願ってもないことだ。うまくことが運べば、再軍備も夢ではない。しかしまだこちらの態勢が十分整っていない状況で話に乗れば、相手のペースに乗せられてしまう危険性がある。堀部はこの話に乗るべきかどうか考えた。しかし一度チャンスを逃したら、次にいつチャンスが訪れるかわからない。

「一度ジュリアス少将と話し合ってみる必要がありそうだ。話の進捗具合では、思いがけない方向に進んでいくかもしれない」

「そうです。いまはあれこれ考えている場合ではありません。すぐに行動に移すべきです」

「早いほうがよさそうだ。会う段取りはきみに任せるからよろしく頼む。わたしのほうでは再軍備に必要なメンバーをリストアップしておく」


いよいよ日本の再軍備に向けての活動がはじまる。そしてその一翼を自分が担うことになると思うと、身体中から力が湧き上がってくる。それは堀部も同じだった。しかし堀部は自分の中に熱い炎が燃え上がれば燃え上がるほど、自分がますます冷静になっていくのを感じていた。陸軍参謀本部の作戦本部で兵隊や武器の模型を机上に並べ、コマを動かしながら作戦を練っていたころのことを思い出した。そしてこれからはじまる戦いのことを思うと、頭の中でいろいろな計算が凄まじい勢いで駆け回った。かつて自分の上官であった者や同僚や部下たちの顔が次々と頭に浮かび、どのポストにどの人物を配置すればいいか考えはじめていた。

　木内が尋ねた。

「総大将に相応しい人物はいますか」

「国民に愛される人物がいいに決まっている。しかし今度の戦争で功績をあげた連中は、その功績によっていまは極悪人にされている。勝てば多くの人間を殺した将軍は英雄だが、負ければ、多くの人間を殺した将軍は人殺しの罪を着せられ、その汚名を着せられたまま絞首刑台に吊るされる。つまりかつての英雄は地に落ち、いまの日本には、英雄と呼ばれる人物はどこにもいない。日本の復興のシンボルとなり、国民の先頭に立って、国民をリードする英雄を見つけるのは大変な作業になるだろう」

「乗岡さんならどうですか。彼にはカリスマ性が備わっています。国民を扇動する力を持っています」

「彼はあまりにも一方に偏りすぎていて危険だ。いまの日本にはバランスのとれた人物が必要だ。そんな人物が見つかればいいのだが、もし見つからなければ、自分たちの手で作り上げるしかない」

しかし残念ながら、具体的な話はそれ以上先に進まなかった。そして最後にはどこの馬の骨だかわからない男を担ぎ出し、豪華な衣装で飾り立て、それらしく見せかけて、陰で操ればいいと言って、ふたりは大声を上げて笑った。

翌日、木内は昨日堀部と会った店に川崎美子を呼び出した。店の亭主も心得たもので、木内の姿を見るなりすぐに奥の部屋へ案内してくれた。久しぶりに会う美子は生き生きとして美しかった。彼女は戦争中も父親の中谷に勧められて英語の勉強をしていて、いまは、中谷の口利きもあって、連合国軍総司令部でタイピストとして働いている。中谷は娘をスパイとして敵の中に送り込んだつもりだったが、彼の思惑は見事に裏切られた。美子はその若々しい感受性で見る見るうちにアメリカの開放的で、自由な文化を吸収していった。

美子はイスに座るなり凄まじい剣幕でがなり立てた。

「もう戦争は終わったのよ。わたしたちはあの息苦しい、監視された社会から解放され、何でも自由に自分の意見が言える時代になったのよ。それなのにあなたはまだ昔の栄光にすがりついていているのね。父がどんな人だか知っているでしょ。いつも何かを企み、恐怖で人を支配しようとしている人よ。いい加減に眼を覚ましなさい。あんな人の下にいたらひどい目に遭うわよ。いまだってあの人は相も変わらず恐ろしいことを企んでいるわ」

美子は、木内が父親の企みに関わっているのではないかと思うと心配で、居ても立ってもいられなかったのだ。木内は美子の興奮がおさまるのを待った。そして美子の興奮がおさまると、少しきつい口調で咎めるように言った。

「心配してもらっているのはありがたいが、わたしは決して中谷さんの言われるままに行動しているわけではない。わたしにはわたしなりの考えがある。その点だけは誤解しないでほしい」

「騙されてはダメよ。これからはわたしたち若い世代が、新しい国を作り上げていかなければいけないの。個人の人権が尊重され、言論と行動の自由が保障された、身分差別のない、平等な社会を作り上げていかなければならないの。もう戦時中のような、統制され拘束された社会とはお別れよ」

「連合国軍の事務所に勤めていて、彼らの考えにかなり影響されたようだね」

「それは皮肉?」

「いや彼らが連合国軍の先頭に掲げた民主主義という御旗は、人を酔わせる魔力を持った強烈な酒だと思っただけだ。彼らは常に自分たちの行動を正当化するために、戦う前から言い訳を用意している。甘い言葉に騙されたらダメだ。彼らに騙されないためには、これからの彼らの行動をよく見ていかなければいけない」

「あなたは真実から眼を逸らそうとしているわ。人には、誰にも支配されず、自由にものを考えて生きていく権利があるのよ。それはどんな時代に生まれても、どんな場所や国に生まれても、変わることのない永遠不滅の真理よ。わたしたちは戦争に敗れてはじめてそのことに気付いたの。あなたもそれに早く気付くべきよ。そして日本が、新しい民主主義の国に生まれ変わるために力を尽くすべきよ」

「この国に生を受けた者としてこの国に感謝の念を捧げ、国家が目指す方向に向かって一直線に突き進んでいくことこそが国民としての崇高な使命だ。そしてその真摯な姿勢の中でのみ、人間としての尊厳が生まれ、高貴な存在として生きていくことができるのだ。もし人の目指すものが、人それぞれの好みに合わせて自由に選択できるものであるのなら、そこからは自分の命を捨てても悔いのない崇高な使命感のようなものは生まれてこないはずだ。そんなことで、あなたはいいのか。個々別々の生き方が自由だというのなら、この国はあなたが言うのとは逆に滅びてしまう」

ふたりの会話は平行線のまま、食事をしている間も延々と続いた。

「こんな会話をいつまでも続けていたら、おいしい料理もまずくなってしまいますね」

と木内が言うと、

「時代は大きく変わろうとしているのよ。しっかり議論して、これからの自分たちの進むべき方向を見つけ出さなければいけないわ」

と、美子は相変わらず眼を輝かせながら言った。


美子は母親似の一重まぶたで、目尻が少し切れ上がった、涼しげな目許をした女性だった。背は高く、彼女の活気あふれる身振りからは、若さとみずみずしさが自然にあふれ出していた。それは戦後にはじまったことではない。戦時中も彼女はいつも好奇心に満ちあふれ、目新しいものを見つけるとすぐにそれに飛びついた。

花柳界出の母親の加代はそんな娘を見て心配し、普通の家庭のお嬢さんのように娘を育てようとして、お茶やお花などを習わせ、事あるごとに口うるさく小言を言った。しかし自由奔放に振る舞うところが自分と似ていると思ったのか、中谷はそんな娘が気に入っていて、娘の好きなようにさせていた。中谷は娘に何か問題でも起これば、そのときは自分の職権を利用して守ってやればいいと考えていた。

木内はこれ以上議論すればケンカになってしまうのではと恐れて言った。

「このままずっと話をしていたいのだが、もう時間も遅くなった。暗くなれば外は危険だ。そろそろ帰ることにしよう」

美子はまだ議論を続けていたかったが、木内に促され仕方なく店を出た。電力制限され、街の明かりがあまりない東京の夜空は星のひかりにあふれていた。

その五

手のひらの肉が厚く、大柄で、眉毛の太い加納弘二元陸軍大将は、憮然とした表情で、鋭い眼をした鷲鼻の検察官のロナルド・ミレルと向かい合っていた。取り調べがはじまってからかなりの時間が経っていたが、彼らは疲労の色を少しも見せず、互いに自分の主張を相手に認めさせようとして、大上段に刀を振り上げている最中だった。そばにいた書記官はふたりの激しいやりとりを見て、怯えたように顔をしかめていた。

加納が言った。

「我々軍人は戦争を神聖な使命と考えている。そしてそれを誠実に遂行することで我々の精神が高められると信じている。また我々軍人は自己を犠牲にし、公のものに身を捧げることを最上の美徳と考えている。それはあなたたちの国の軍人も同じだ。そのような崇高な使命感なくして、誰が敵の放つ弾丸へ向かって突進していくことができる。戦争は人殺しだ。そして我々軍人は人殺しをするために日々精神と肉体とを鍛えている。そしていざ、そのときが来れば、真っ先に銃を手に持ち敵に向かって突進していく。つまり勝利をおさめるために、そしてその勝利をより確実なものにするために、戦場に敵の兵士の屍を並べていく。このような崇高な使命を持った軍人の行為を一般の人間と同じに扱い、裁判にかけ、犯罪者として処罰しようとすることは軍人に対する最大の侮辱だ。我々、名誉を第一に考える軍人はこのような行為を決して許すことはできない」

加納は同意を求めるようにミレルの顔を見た。しかしミレルは嫌なことを聞かされたというふうに眉間に深くしわをよせ、不機嫌な顔をして加納を睨み返した。加納はミレルの態度に我慢ができず、さらに激しい口調で言った。

「日本は確かに戦争に負けた。軍の指導的立場にあった者としてその責任は痛感している。しかし謝罪しなければならない相手は自分の国の国民であって、勝者に対してではない。わたしはあなたたちに何を謝罪し、何の罪に服さなければならないのだ。こんな茶番劇のような、馬鹿げた政治ショーは即座にやめてもらいたい。そしてこんな馬鹿げたことをするくらいなら、即刻我々の首をはねてほしい。そういうことになれば、敗れた国の武将としては本望だ。敵から勇猛な武将として称賛のエールを送られたと思って、不敵な笑みを浮かべて、あの世からあなたたちの歓喜の様子を眺めてやる。縄をつけて裁判所へ引きずり出し、晒し者にするような真似だけはやめてもらいたい」

加納は、いまだになぜ自分がこのような理不尽な扱いを受けなければならないのか理解できなかった。これではそこらにいるゴロツキと同じ扱いではないか。国に命を捧げた軍人に対してこれはあまりにも非礼な扱いではないか。そう思うとまた新たに怒りが込みあげてきて、身体が震えた。

ミレル検察官は冷ややかな眼を加納に向け、ゆっくりとした口調で言った。

「傍から見れば、あなたは子供でも相手にしないような他愛のない英雄談義を上機嫌でしゃべっている愚かな老人にしか見えない。なぜ、自分たちが実際に犯した行為について語ろうとしないのですか」

ミレルはさらに加納を追い詰める。

「あなたが答えたくなければわたしから答えてあげてもいいのです。あなたが口にしたくない理由は、あなたが言う神聖なはずの戦場で、軍人として決して行ってはいけない恥ずべき行為が行われたからです。軍の規律を統制する立場にあった者はその責任から逃げることはできません。このことは日本だけではなく、どの国の指導者にとっても同じことです。誰かがその責任をとって厳罰に処せられなければ、また同じことが戦場で繰り返されるでしょう。銃弾が飛び交い、死の臭いが充満する戦場にあって、恐怖に怯えた兵隊たちが引き起こした、常軌を逸した行為であったとしても、それは決して許される行為ではありません。あなたは、戦争は国民の生命を守るための神聖な務めだと言われます。確かにそのとおりです。国際法でも戦争は否定されていませんし、戦争による殺人は正当な行為として認められています。しかし、殺人は神の名において行われる刑罰以外、どのような人殺しであっても、神の法において間違いなく犯罪です。このことは時代も人種も地域も超えた普遍の法則です。その法則の下ではすべての人は平等であり、それに服する義務を負っています」

ミレル検察官は話の途中で立ちあがり、狭い部屋の中を行ったり来たりしはじめた。彼の青い眼はどこにも向けられてはいない。そして話の途中から、自分の口から出てくる言葉にこころを奪われていた。

彼が考える法は、神が定めた法のみが人を裁き、人を正しい道へと導くというものだった。第二次世界大戦のような、人類を破滅へと導くかもしれない悲惨な戦争を体験したあとでは、これまでのように法律の専門家として、現実的な問題をその時代の法律に照らし合わせて判断し、裁きを下すというような考え方では何ひとつ解決できないことをミレルは知っていた。侵してはならない永遠不滅の法があるはずだ。もう一度法とは何かを真摯に問い直さなければいけない。そして普遍の法に従い、神に代わって裁きを下さなければいけない。

＊

ミレルは信心深いカトリック教徒の両親の元で育てられ、彼らから聖職者になることを嘱望されて神学校へ入学した。そしていずれは聖職者となり、聖職者としての人生をまっとうするものと思っていた。しかし第一次世界大戦がはじまると、修道院の中に閉じこもって、そこから世界の平和を祈っているだけの生活に疑問を感じはじめた。

彼は自分の手で直接世界の平和を取り戻さなければならないと思い、神学校を飛び出し、志願兵として戦争に参加した。しかし戦場で繰り広げられる人間の残虐さを眼の当たりにして、彼は人間不信に陥った。ミレルには信仰に裏付けられた人間への深い愛があっただけに、自分が信じていたものに裏切られ、そこから立ちあがることができなくなった。戦争が終わり除隊したあと、ミレルは酒と女と賭け事に溺れ、その日暮らしの、退廃的な日々を送っていた。

しかし少年のころに身に染みついた信仰心は決して消えることはなかった。彼が信じていた宗教は神の裁きを主眼とし、神の法でこの地上を治め、天上への旅立ちを約束するものだった。彼の、その深く根付いた信仰心が退廃的な日々から彼を目覚めさせ、怠惰な生活から救い出した。

だがミレルは元の祈りの生活へ戻ろうとはしなかった。現実の社会の中で、神の代理人として正義の裁きを行おうと考えた彼は、ロースクールで法を学び検察官になった。そして厳格に法を適用し、厳しく犯罪者を取り締まった。そこには人間的な温かさは少しもなく、ただ法を犯した者を罰することだけがすべてに優先していたため、ミレルは赴任地で恐れられ、嫌われた。

それでも彼はただ冷徹なだけの男ではなかった。若き日に神学校を飛び出し、銃を手に戦場を駆け巡った当時の熱い血は、彼の身体から消えることはなかった。彼は正義感に駆られ、思いがけない行動に出ることがたびたびあった。弱者が理由もなくいじめられているのを見ると我慢ができず、違法な手段を使ってでもいじめた者を強引に逮捕し、有無を言わさず牢獄へ放り込んだ。

その彼が戦争犯罪人を逮捕し、極東国際軍事裁判所へ被告人として差し出す役目を仰せつかったとき、彼は小躍りした。自分が神の代理人として働く場を与えられたと思ったか

料金受取人払郵便

新宿局承認

1409

差出有効期間
2021年6月
30日まで
(切手不要)

郵便はがき

1 6 0-8 7 9 1

1 4 1

東京都新宿区新宿1－10－1

(株)文芸社

愛読者カード係 行

ふりがな お名前		明治 大正 昭和 平成	年生 歳
ふりがな ご住所	□□□-□□□□		性別 男・女
お電話 番 号	(書籍ご注文の際に必要です)	ご職業	
E-mail			

ご購読雑誌(複数可)	ご購読新聞 新聞

最近読んでおもしろかった本や今後、とりあげてほしいテーマをお教えください。

ご自分の研究成果や経験、お考え等を出版してみたいというお気持ちはありますか。

ある　ない　内容・テーマ(　　　　　　　　)

現在完成した作品をお持ちですか。

ある　ない　ジャンル・原稿量(　　　　　　　　)

書　名			
お買上 書　店	都道　　　　　市区 府県　　　　　郡	書店名	書店
		ご購入日	年　　月　　日

本書をどこでお知りになりましたか?
1.書店店頭　2.知人にすすめられて　3.インターネット(サイト名　　　　　)
4.DMハガキ　5.広告、記事を見て(新聞、雑誌名　　　　　)

上の質問に関連して、ご購入の決め手となったのは?
1.タイトル　2.著者　3.内容　4.カバーデザイン　5.帯
その他ご自由にお書きください。
(　　　　　　　　)

本書についてのご意見、ご感想をお聞かせください。
①内容について

②カバー、タイトル、帯について

弊社Webサイトからもご意見、ご感想をお寄せいただけます。

ご協力ありがとうございました。
※お寄せいただいたご意見、ご感想は新聞広告等で匿名にて使わせていただくことがあります。
※お客様の個人情報は、小社からの連絡のみに使用します。社外に提供することは一切ありません。

■書籍のご注文は、お近くの書店または、ブックサービス(フリーダイヤル0120-29-9625)、セブンネットショッピング(http://7net.omni7.jp/)にお申し込み下さい。

らだ。

加納元大将は驚きの眼でミレルを見つめていた。そしてこの男はもしかしたらこの裁判で犯罪者を厳しく問い詰める検察官の役ではなく、神に代わって罪人を裁く裁判官の役になりたかったのではないかと思った。

＊

遠く離れた東方の、宗教も文化も異なる異境の地。ミレルにとってはあまりにも風俗、習慣が違いすぎていて、何も理解できず、日本軍が行った犯罪は、彼の眼から見れば、悪魔の所業としか思えなかったことだろう。もしそうだとすれば、この裁判は魔女狩りと同じだ。火あぶりにし、悪魔をこの地上から追い払う。それがこの裁判でミレルの目指すところなのではないだろうか。そう思うと眼の前の小柄なミレルが急に恐ろしい怪物に見えてきた。この怪物にどう立ち向かえばいいのだろう。

しかしその一方で、なぜかわからないが奇妙な親近感を加納はミレルに感じていた。それはミレルがひとりの絶対的な存在者である神を信じ、その正義の法で世界を治めようとしているように、加納もまた神代の時代から今日に至る日本の神話を信じ、その神話と一体となって、自分の命を国家に捧げようとしていたからだ。

「ミレル検察官、いまあなたの手にある裁きの法とは、この地上の道徳を離れた、弁護士も検察官も少しも必要としない神の国の法ですか。わたしにはあなたの国の神を信じることはできませんが、わたしもあなたと同じように絶対的な法の存在を信じている」

ミレルは立ったまま、加納のほうへ顔を向けた。

「興味のある話ですね。もう少し詳しく話してくれませんか」

「わたしは大日本帝国の軍人です。名誉を重んじ、名誉ある死を望んでいます。それがわたしの信じる法です」

「あなたが言おうとしていることがよく理解できませんが、もしかしたら、絶対的なものを信じ、絶対的なものの教えに従い、生きてゆこうとしているところがわたしと同じだと言いたいのですか」

「そうです。あなたがこの地上を神の支配する国にしたいと思っているように、わたしもまたこの国が神より授かった国だと信じているのです」

「あなたは自分たちを十字軍のような、神の国の戦士だとでも思っているのですか。ところでひとつ疑問に思うことがあるのですが、あなたは自分のことを大日本帝国軍人と言って、一般の国民と区別しているようですが、それには何か理由があるのですか」

「わたしたち軍人は社会において最も高い地位にあり、社会を正道へと導く使命を帯びているからです」

ミレル検察官は遂に軍国主義者としての正体を現したなと思い、ニヤリと笑った。彼らのその思い込みと傲慢さが日本国民を苦しめ、抑圧し、自由を奪ったのだ。確かにヨーロッパの社会において宗教が人のこころを支配し、寛容さを失い、魔女狩りが横行した時代があった。そう思えば、あながち加納たちが行った行動を無下に否定することはできない。しかし我々西欧人はその暗黒の時代を理性によって克服し、この世界に自由と平等と博愛の思想を持ち込んだ。ミレルは言い返そうとした。しかしこころのどこかで自分の声を遮るものがあった。それは寛容性とは大きく異なる感情であった。

理性では捉えられないものがある。それは信仰においてのみ捉えることのできるものである。それは神の法であり、人を罰し、支配する法である。

ミレルは、自分の信じる法を説き人をその法に従わせようとする行為は、加納が言う使命感と同じものではないかと思った。そうだとすれば、自分も自分の考えを人に強要し、苦しめてきたのではないだろうか。ミレルは取調室の鉄格子の窓から外を眺めた。二月の空は寒々として澄み切っていた。

ミレルは改めて加納の顔を見た。加納は軍人出身の他の被告人たちと同じように髪を短く刈り、太い眉毛の下の眼は瞬きもせず一点を見据え、その堅く閉ざされた唇の下の肉は盛り上がっていた。年齢は六十代半ばで、眉毛の一部に白いものが交じっていたが、軍隊で鍛え上げた肉体は年齢に似合わず矍鑠《かくしゃく》としていた。

ミレルは、先ほどのこころの揺らぎなどすっかり忘れ、テーブルに両手を置き、身体を乗り出し厳しい口調で言った。

「わたしには戦争の大義などどうでもいい。勝てば勝ったで、負けたら負けたで何とでも言える。しかしあの市民や捕虜たちを大量に虐殺した事件は見逃すことができない。戦闘の最中にあってあまりの恐怖に理性を失い、あんなおぞましい行為に走らざるを得なかった者たちは、ある意味では気の毒な戦争の犠牲者だ。しかしそうだからと言って、あの者たちを許すことはできない。厳罰に処すべきだ。しかしそれよりも、そんな事態の発生を予測できる立場にあった者の、またあのような悲惨な事件が起こったあとも、実行犯を処罰せず、そのまま放置していた者の罪は、彼らの罪よりもさらに重い」

ミレルは、しゃべりながら自分の言葉に煽られ、メラメラと憎悪の炎を燃え上がらせていった。悪は必ず罰せられなければならない。これは自明の真理であり、どのような法をもってしてもそれを覆すことはできない。

「加納さん、あなたは不作為の罪を認めますか」

「一部の将兵が軍紀を乱して、虐殺事件を起こしたことは知っている。それを阻止できなかったのは、わたしにとって大変不名誉なことだ。しかしあなたたちが盛んに喧伝するような組織的な大量殺戮はなかった。これはこの国の名誉にかかわる問題だ。断じて認めることはできない。だが……」

と加納は逆襲に出た。

「それよりももっと重大なことは、あなたたちが新たに法を作り、我が国の戦争を裁こうとしていることだ。わたしはあなたに聞きたい。戦争は犯罪ですか。自衛のための戦争は犯罪ですか。もしそうだとしたら、すべての国の軍人は犯罪者だということになる。そんな馬鹿な話がどこにある。国のために命を捧げた軍人はどこの国でも尊敬され、英霊として祭られている。軍人は自分たちが国家と国民のために素晴らしい行為をしていると信じて戦っている。それを卑劣な犯罪者と同列に扱われては、たまったものではない。わたしはすべての国の軍人の名誉のためにこれだけは言っておきたい。戦争は神聖な行為だと」

そして念押しするように言い足した。

「戦場においては互いに死力を尽くして正々堂々と戦い、戦いが終われば、互いに互いの勇気を讃え合う。それが軍人としての礼儀であり、敗者に対する態度だ」

ミレルは日本軍の戦地での捕虜の扱いについてはよく知っていた。加納が言うような礼儀はそこでは一度も行われたことがなかった。

「加納さん、いや元陸軍大臣であり、陸軍大将であった加納さん、あなたの眼は節穴ですか、それとも馬鹿ですか」

「帝国軍人に向かってその言い草は何だ。無礼者。謝罪して暴言を取り消せ」

加納は立ちあがり、以前下げていた軍刀の位置に無意識に左手を当て、右手を添えた。

そしてそこに何もないことに気付き、加納は改めて自分がいま置かれている立場を理解した。

「加納さん、こんどの裁判はあなたが戦時中に行った行為と行わなかった行為について罪を問えるかどうかを争う裁判です」

「何を空々しい、きれいごとを言っているのだ。もうすでに判決は下っているはずだ。この裁判は連合国軍の行為を正当化するためのセレモニーにしかすぎない。わたしはそれに付き合うつもりは一切ない」

加納はそう言い終わると、みっともない姿を見せてしまったとでも思ったのか、顔を真っ赤にしてイスに座り直した。ミレルはこころのどこかで加納の軍人としての信念に敬意を示したい気持ちはあった。加納は誇り高き男であり、信念を曲げず、まっすぐに自分の信じる道を邁進している。


加納は自分の信じるところに従い、上層部からの指令に逆らって暴走し、逆賊の汚名を着せられたこともあった。しかしその行為が国を思う純真なこころから出たものならば、必ずあとで認められると信じて行動した。あの時代はそのような過激な将校たちの思いあがりが逆に国民たちから称賛された恐ろしい時代でもあったのだ。加納は一時的に左遷されたものの、またすぐに以前よりも重要なポストを与えられ、出世していった。

ミレルは加納を見て、この男はもしかしたら、自分の信念を貫き、英雄として死のうとしているのではないかと思った。しかし彼を英雄にしてはいけない。彼は間違いなく神の法を犯しているのだ。

加納はもう一度戦場へ出て、軍馬の上で指揮を執りたかった。そして彼はこの期に及んでもまだ、自分が軍神として祭られる日が訪れることを願っていた。そのような加納の姿は、平和な社会を願う人たちの眼から見れば、ひとつの信念に凝り固まった狂人にしか見えなかっただろう。

その六

川崎美子は連合国軍でともに働いている民政局の職員のマリー・イダに誘われて、木内と一緒にマリーの上司にあたる民政局局長のアーサー・グリス准将が主催するパーティーに参加した。パーティー会場は色とりどりのリボンや花で飾られ、テーブルの上にはフルーツやサンドイッチなどの食べ物が並び、酒類もいろいろと取り揃えられていた。

木内は、マリーのことは参謀本部部長のジュリアス少将から聞いて知っていた。彼女の父親は日系二世で、母親はロシアからの移民だった。彼女は父親の仕事の関係で開戦間際まで日本で生活していて、敵国人として日本人からいじめられ、またアメリカに帰っても、有色人種の血が混じっていることで、人種的偏見を嫌というほど経験した。そんなこともあり、彼女は日本だけではなく、自分の国に対しても複雑な感情を抱いていた。ジュリアスはそんな彼女を母親のこともあり、ソ連のスパイではないかと疑っていたのだ。

マリー・イダは自分がスパイの容疑をかけられていることは少しも知らなかった。しかしそれはマリー・イダに限ったことではない。反共主義者のジュリアス少将は、民政局が占領政策の一環として、強引に日本の民主化を推し進めようとしていることに疑念を抱き、これはもしかしたらソ連がスパイを使って裏で民政局を操っているのではないかと疑い、少しでも怪しいと思った者がいればすぐに部下に命じて身許を詳しく調べさせていた。

美子たちが着いたときにはすでにパーティーがはじまっていた。集まっている人たちの多くは米軍の将校とその婦人たちだったが、その中には美子と同じように連合国軍で働いている日本人も何人かいた。出席している婦人たちは皆ロングスカートの鮮やかな出で立ちで、そこには占領下の日本とは思えない華やいだ雰囲気が漂っていた。

美子は目立たないように控えめな服装をしていたが、その生き生きとした若さあふれる表情はその場の雰囲気に少しも負けていなかった。美子は会場へ入るとすぐに、軍服姿のマリー・イダを見つけ、彼女のいるテーブルへ向かって歩いていった。マリーもすぐに美子に気付き、近づいてきた。

「よく来てくださったわ。大歓迎よ。これからの女性は進んでこのようなパーティーに参加して、意見を交換し、見聞を広めていかなければいけないわ。ところでこちらの男性は美子さんのフィアンセ？　紹介していただける？」

「木内正司さんです。雑誌社で記者をしています」

マリーは記者と聞いて一瞬警戒の色を顔に浮かべたが、すぐに警戒心を解き、打ち解けた口調で話しだした。

「これからの時代は、人種や宗教や性別で人を差別してはいけないのよ」

突然初対面の相手に向かって何を言いだすのかと思って、木内は思わずマリーの顔を見た。二十歳を少し過ぎたばかりの、このうら若き女性は最近仕入れてきたばかりの知識を披露したくてうずうずしているようだった。木内はこの女からなら、話の持っていきようによっては、民政局内部の思いがけない情報を手に入れることができるのではないかと思い、マリーの話に調子を合わせることにした。

「身分や生まれで差別されない社会が実現できればいいのですが」

マリーは何ひとつ疑う様子もみせずきっぱりと言い切った。

「過去のすべてが破壊された日本は、戦争に負けたことを感謝しなければいけません。わたしたちは日本が平和な民主主義の国に生まれ変われるようお手伝いするつもりです。もしそれを邪魔する者が現れれば即座に彼らを排除します」

何を偉そうにと思ったが、木内はこのチャンスを逃すまいとさらに探りを入れた。

「どう排除するのですか」

「連合国軍の政策に反対する者がいれば公職から追放し、権力の座から遠ざけるのです」

木内は年若い女性の口からこんなあからさまな話を聞かされるとは思ってもいなかった。それに日本の今後の進むべき方向についても彼女はいろいろと考えているようだ。彼女は何を根拠にそんなことを考えているのだろう。民政局の内部で何かの企てが動きはじめているのではないだろうか。それともマリーの話の様子からすれば、もしかしたらすでに民政局内での憲法改正の手続きがすべて終わり、職員たちの労をねぎらうためにこのパーティーが開かれているのかもしれない。

マリーは美子のほうに顔を向けた。

「美子さん、わたしは戦前しばらくの間、日本に住んでいたことがあって、日本が男性を中心とした社会であることを知っています。女性には参政権が認められず、結婚した女性は夫や家族に従順に従うことを強いられています。しかしこれからは女性も自分の意見をしっかりと持って、国政に参加し、自分たちの権利を主張していかなければいけません。そのためには日本の家族制度を見直し、新しく作る憲法の中にそれを反映するのです。敗戦というこの機会を捉えて世界に恥じない憲法を作るのです」

美子はマリーの話にどう答えればいいのかわからず、黙ってマリーの話を聞いていた。そしていつの間にかマリーの勢いに飲み込まれていった。確かに戦前の日本でも女性の解放を叫んで活動している女性たちがいたことは、女学校の先生から聞いて知っていた。しかし戦争が激しくなるにつれその運動は勢いを失い、新たに設立された大日本婦人会に吸収されていったと聞いている。

そのうち美子は自分よりも年若いマリーの話のひとつひとつに相槌を打つようになり、最後は彼女の手を強く握りしめていた。

「そうよ。わたしたち女性にも自由に恋愛する権利があるのよ」

「そうよ。それは神代の時代からわたしたちに与えられている普遍の権利だわ。そのことを国家の基本法である憲法の中で宣言するのよ」

*

マリーは上司のグリス准将から、何人かのグループに分かれて、憲法の人権条項についての草案を作るように命じられたとき、これまで一度も法律について学んだことがなかったので、何から手をつければいいのか皆目見当がつかなかった。彼女は誰か法律に詳しい人を見つけて、その人に相談しようと思いまわりを見回したが、周囲のみんなもマリーと同じようにただおろおろしているだけで、埒が明きそうになかった。彼女は何か手がかりになるようなものはないかと考えた。そこで頭に浮かんだのが、主要な国の法律が記載されている法律書を見つけ、そこに記載されている人権に関する条項を抜き出して憲法草案を作ってみてはどうかということだった。

彼女はすぐに民政局の建物を飛び出すと、ジープに飛び乗り、戦火を免れた大学の図書館や書店を駆け回り、大量の法律書を持ち帰ってきた。すると部屋にいた同僚たちが集まってきて、本の奪い合いになった。マリーはそれらの本の中から自分の気に入った字句をかき集めてきて、ノートに書き写していった。彼女は基本的人権条項のうちでも特に人種差別と男女平等のところが気になり、そこを重点的に調べた。彼女はこれまで育ってきた環境からこれらの言葉に敏感に反応したのだろう。

＊

美子は真剣な表情でマリーに問いかけた。

「そんなことができるの？」

「できるに決まっているでしょ」

と言って、急に何を思ったか、マリーは慌ててまわりを見回し、口を閉ざした。マックス元帥に命じられ、民政局が憲法草案を作成していることは外部に知られては困る機密事項で、グリス准将から口外することを堅く禁じられていた。しかし一般的な話としてそのようなことを話題にしている限り、それは許されるのではないだろうかとマリーは勝手に解釈し付け加えた。

「これはあくまでも一般的な話であって、具体的にどうのこうのという話ではないのよ。そこのところは誤解しないで聞いてほしいの。でもここで強調しておきたいことは、わたしたちが生まれながらに持っている諸々の権利を憲法の中で明らかにすることは、ごく当たり前のことだと思うの。そのためにわたしたちはできるだけの協力はするつもりよ」

あのまま何の注意も払わずしゃべり続けていたら、アメリカが無理やり日本に、アメリカに都合のいい憲法を押し付けようとしていると思われる危険性があった。

美子は会話の中にのめり込んでいった。

「木内さん、いまの話を聞いていた？　素晴らしい話だと思わない？　女性の解放よ。女性の手に権利を取り戻すのよ」

父親の中谷は、婚姻関係にない女性に産ませた娘だったこともあり、何か後ろめたいものを感じ、美子を甘やかして育てた。美子がそんな自由な環境で育ってきたことを木内は知っていただけに、皮肉まじりに笑みを浮かべて言い返した。

「美子さんにはそんな必要はないと思います。あなたはいまでも溌剌としていて美しいですよ」

「あら、ごちそうさま。お仲がいいのね」

と横からマリーに言われ、美子は若い娘らしく頬を赤く染めた。


彼女たちが話に夢中になっていると、隣のテーブルにいた背の高い神経質そうな顔をした男が、これもまたその男と同じように神経質そうな青白い顔をした婦人をともなって彼女たちのテーブルに近づいてきた。その婦人は金色の長い髪を頭の後ろできつく束ねていた。

「楽しそうですね。何について話しているのです。よろしければわたしたちも仲間に入れてはもらえませんか」

マリーが得意げに言った。

「愛です。この国にキューピッドが舞い降りてきたっていう話をしているところです」

「それは素晴らしい話ですね。ところでそのキューピッドとは誰ですか」

「もちろん、わたしたち連合国軍よ」

「是非そうありたいものですね」

と言って、男は穏やかな笑みを浮かべた。


この四十歳を少し過ぎたばかりの、灰色の眼をした物静かな男は、マリーと同じ部署に勤務しているミルトン・ホーク中佐で、その横にいる婦人はホーク中佐の妻のメアリーだった。

ホーク中佐は、入隊する前は大学でヨーロッパの歴史を教えていたが、彼の本当に研究したいことは別のところにあった。彼は学生時代に体験した神秘的な現象が何であるかを知りたくて、心霊現象を科学的に研究している団体に所属していた。しかしその団体にいて話を聞いているだけではもの足りず、暇を見つけては、現代文明に毒されていないアフリカ大陸や南米大陸などの未開の地に自ら進んで出かけていき、神や死者の言葉を伝える霊媒師たちの言葉を集め、研究していた。そしてまた実際に降霊の現場に立ち会うこともあった。

彼が学生時代に体験した神秘的現象とは、突然、霊的なものが体内に降臨し、涙を流してその場にひれ伏し、天に向かって祈りの言葉を捧げたというものだった。そのとき口にした祈りの言葉が何であったか覚えていない。しかしその言葉がすべての世界、すなわち全宇宙を支配する聖なる言葉であったと彼は信じている。

「わたしは仏教の経典の中に、すべてのものに仏性が宿るという教えがあることを知っています。これは何という素晴らしい教えでしょう。わたしは残念ながら仏教徒ではありませんが、このような教えを持つ宗教は正しい宗教だと思っています。わたしは宗教とは何かと問われれば、宗教とは個人的な霊的体験を通して、神の世界へ近づくことだと答えます。ここでわたしが言いたいことは、神のこころを持たなくては神のこころを知ることができないということです。つまりわたしたち人間は、神と同じこころを持つ高貴な存在だということです。このような高貴な存在である人間の尊厳は法律によって守られなければいけません」

木内は、突然現れて周囲の人のことなど一切気にせず、一方的に自分の考えをまくし立てるこの男は何者だろうと思った。そしてこのような、生真面目でいて狂信的な信仰を持った男が、もしかしたら日本の将来に大きな影響を与えることになるのではないかと思うと恐ろしくなった。

マリーは少し戸惑いをみせ、この場をどう取り繕えばいいのかわからず、慌てて木内と美子に彼らを紹介した。そして紹介し終わると言った。

「少し驚かれたかもしれませんが、ホーク中佐は人間の基本的な権利である人権の重要さについて、比喩的に宗教を例にとって語られたのだと思います。日本は一部の極端なものの考え方をする軍国主義者が国を支配し、国家権力によって基本的な人権を侵害してきました。つまりこの国には残念ながらまだ人権尊重という民主主義の基本的な理念が育っていないのです。あなたたちはわたしたちの国、アメリカを見習わなければなりません。民主主義を学び、その思想に合わせて国を作り変えなければなりません。こんな小娘が何を偉そうなことをと思われるでしょうが、この人権の尊重という考えは人類共通の基本的原則です」

マリーはどこかで聞いてきた言葉をそのまま引用してしゃべっているのだろうが、そうだからと言って、一方的に彼女の話を無視するわけにはいかない。彼女の言葉の裏には連合国軍の本音が隠されているはずだ。

マリーは相変わらず、高飛車な口調で畳みかけるように言った。

「あなたたちはなぜ戦争に負けたか考えたことがありますか」

木内は姿勢を正して答えた。

「あなたは日本の文化があなたたちの国の文化よりも劣っていたから負けたのだと言いたいのでしょうが、そうではありません。日本はあなたたちの国が近代化によって成し遂げた産業の機械化、大量生産体制に敗れたのです。あなたたちが自分の国の国土と伝統と文化を愛しているように、わたしたちも自分の国の国土と伝統と文化を愛しています。そしてそのことを誇りに思っています。そのような気持ちがなくて国が存続できるでしょうか」

ミルトン・ホーク中佐が話に割って入った。

「あなたは国家にこだわりを持ちすぎています。神はこの世界に国境線など引いてはいません。すべての世界は分け隔てなく平等に作られているのです」

木内は自分の考えを非難されたと思って、カッとなり思わず言い返した。

「わたしたちには先祖代々受け継いできた文化があります。それを自ら否定することは子孫たちに対して許されない行為です」

それまでホーク中佐の横で黙って彼らの会話を聞いていたメアリー夫人が突然大声を張り上げた。

「あなたは自分たちの民族が最高だとでも思っているの。付け上がるのもいい加減にしなさい。この薄汚いイエロー野郎」

周囲にいた人たちは振り向き、何事が起こったのかと驚きの表情で彼らを見つめた。ホーク中佐は慌てて婦人を制し、小脇に抱えるようにしてテーブルから離れていった。


この日の主催者のアーサー・グリス准将が慌てて彼らのテーブルにやって来た。

「わたしの部下の夫人が失礼なことを言ったようですが、許してやってください」

その丁重な物言いとはまったく逆に、グリス准将は蔑みと嘲笑を込めた鋭い眼で木内を睨みつけた。彼は自分が主催するパーティーが汚らわしいもので汚されたと思ったのだろう。この場の雰囲気が一瞬で敵意に満ちたものに変わった。ここはうまく切り抜けなければ、次にどういう事態が起こるかわからない。木内は柔和な笑みを浮かべ、わかりましたというように大きくうなずいた。

「いや、わたしの言葉のどこかに失礼な物言いがあったのでしょう。わたしが謝っているとメアリー夫人にお伝えください」

しかしこころの中では決して許していなかった。彼らは口では、人は皆生まれながらに平等だと言いながら、腹の底では、白人以外の人種はまだ進化の途上にある未開の人種で、白人に隷属する運命にある存在だと思っている。そのような考えを持った連中が有色人種の日本のために親身になって働いてくれるわけがない。彼らは自国の脅威にならないように日本を変えようとしているだけだ。しかし木内は感情を表には出さなかった。彼は不自然に思われないように注意しながら、丁重に頭を下げ、別れの言葉を口にした。

「夜も遅くなってきましたので、そろそろ退席させていただきます。本日はお招きいただき本当にありがとうございます。有益な時間を過ごさせていただき感謝しています。メアリー夫人にくれぐれもよろしくお伝えください」

木内たちの帰る様子を見て、慌ててホーク中佐が奥から現れた。

「普段はあんなことはないのですが、どうも、不慣れな環境と慣れない酒で悪酔いしてしまったようです。妻から直接謝罪しなければいけないのですが、どうか妻を許してやってください」

木内はホーク中佐の謝罪を受け入れ、グリス准将に言ったのと同じ言葉を繰り返した。

そして出口までわざわざ見送りに来てくれたグリスとホークとマリーに向かって深々と頭を下げた。

その帰りの道で、美子が言った。

「彼らの本心がどこにあるのかはわからないけれど、そんなことはどうでもいいことだわ。いずれにしても、わたしたちの基本的人権がすべての面で軍国主義者が支配する政府によって迫害されていたのよ。でもいまはその弊害が取り除かれ、まったくの白紙状態になった。わたしたちはこの狭い日本に閉じ籠もっていないで、もっと世界へ向けて眼を開き、外国の文化を積極的に吸収するべきよ」

あのような恥辱を受けてもなお、いまだにそのようなことを言う美子の気持ちが木内には理解できなかった。彼女は日本人としての誇りを失ったのだろうか。それとも彼らの宣伝文句に踊らされ、自分たちの存在の根底にあるものを見失ったのだろうか。

怒りをあらわにし、いまにも怒鳴りだしそうな表情を浮かべている木内を見て、美子は不安になった。日が経てば経つほど、敗戦の現実が傷ついたこころに重くのしかかってくる。彼はその苦しみに耐えられるだろうか。絶望のあまり、何か恐ろしいことでもしでかすのではないだろうか。そのようなことが起こらないようにするためにも、そばにいてこの人を支えてあげなければならない。

数日後、ホーク中佐夫人のメアリーが、異国の地の生活に耐えられず、ひとりで帰国したと美子から聞かされた。ホーク中佐の言うように不慣れな環境に疲れて、こころにもないことを口にしたのだろうか。しかし木内は彼らの謝罪を素直に受け入れることはできなかった。こころの狭い、偏見に満ちた男だと思われても、決して敵にこころを許してはいけないと木内は思った。

その七

四方を高い塀で囲まれた巣鴨プリズン構内の一角に、腰ぐらいの高さの木の柵で囲まれた狭い場所があった。柵の中には一本の大きな木があり、その木の下にはテーブルと四人ほどが向かい合わせに腰かけられるベンチが置かれていた。そこは本郷たちA級戦犯被疑者を、他の戦犯被疑者たちから隔離するために特別に設《しつら》えられた場所だった。本郷たちは狭い独房から新鮮な空気と広々とした空が見える庭へ出てくると、わずかな時間ではあったが解放された気分になり、木へ寄りかかったり、柵に腰かけたり、ベンチに座ったりしてそれぞれ思い思いの場所で静かに時間を過ごしていた。

日によっては肌寒い三月の下旬、元首相の小田佐吉と元外相の宮田慎也は穏やかな陽射しの中を肩を並べて歩いていた。

「小田さん、あなたは裁判の冒頭で罪状認否を問われたとき、有罪、無罪の意見を表明しないそうですね」

小田は二日前、担当のトプラ弁護士に問われて、それほど確信があったわけではなく、気乗りしないままそう返事をしたのだが、その話がもう宮田の耳に入っているのに驚いた。明日をも知れぬ囚われの身となってもまだ人の動向が気になるのだろうか。

小田は頬をやさしく撫でるそよ風に誘われてポツリと呟いた。

「わたしはこれまでいろいろなことをしてきましたが、それらのことについて何か言い訳めいたようなことは一切言わないつもりです。わたしは時の流れのままに逆らわず流されていこうと思っています」

ごくありふれた日常の会話を楽しむように、小田は何のてらいもなくさらりと言った。この男はすでに処刑されるのを覚悟しているのだろうか。しかしそうだとしてもなぜ自分がこれまでしてきたことを語ろうとしないのだ。もしかしたら小田は自分のした行為に対して何か後ろめたいものを感じているのだろうか。宮田は小田の取り澄ました態度に腹が立った。

「自分のした行為についてその正当性を主張することは何も恥ずべきことではありません。それどころかあなたが国民に与えた影響を考えれば、国民を勇気付けるためにも自分のした行為の正当性を主張するべきです。それをいまのあなたのように、世捨て人のような顔をして、何も語ろうとしないのは国民に対する裏切り行為です。決して許されるものではありません」

「宮田さんの言われていることはよくわかります。わたしは首相在任中、国民からこれからの日本の進むべき道はどこかと問われたとき、そのときわたしが最善だと思う道を選んできたつもりです。しかし振り返ってみれば、本当にその道が正しかったのかどうかよくわかりません。誤解しないでください。わたしは決して自分がしてきたことが間違っていたと言っているのではありません。確かにわたしは日本の進路を決める重要な局面で、事が円満に運ぶようにと願い、当時最大の勢力であった陸軍内部の強硬派に妥協し、彼らが喜ぶような甘言を弄したこともありました。しかしそれは二・二六事件のような過激派によるクーデター事件を恐れたからで、それより他に他意はありません。しかし結果的に自分の思っていた方向とは逆の方向へ日本を導いていったのかもしれません。わたしが政権につく以前から、陸軍が主張していた中国大陸の北方方面への進出策と、海軍が主張していた東南アジアの南方方面への進出策とを、軍の強硬派の圧力に負け、わたしの内閣で承認し、それを国策の基準としたことをもって、連合国軍は、わたしが侵略戦争を立案し、日本をその方向に向かわせたと言ってわたしを非難しているようですが、あのときそうしていなければ、国内でもっと恐ろしいことが起こっていたかもしれません。わたしはわたしなりの方法でうまく軍の強硬派の暴走を抑えることができたと思っています。しかしいまとなっては残念なことですが、それは自分の責任を逃れるための言い訳としか聞こえないでしょう」

すべてを諦めたような、またすべてを悟りきったような、頭髪の少し薄くなった白髪頭の小田の顔を見て、宮田は激しい怒りに襲われた。生きている限り、人は世の中に対して責任を負っている。

「語らなければ誰も理解してくれません。それにいま理解されなくても語っておけば、のちの時代の人が理解してくれるかもしれません。諦めず、勇気を持って語るのです」

「わたしはもう何も語るつもりはありません。わたしはあなたたちの邪魔にだけはならないように静かにしています」

「それでは困るのです。あなたの証言があれば助かる命があるかもしれません。そのためにもあなたは自分がしたことを、そして見聞きしてきたことを正々堂々と語る義務があるのです」

「わたしは先ほども言ったように、自分のした行為について、いまさら改まって説明する気持ちは一切ありません。いまになって何かを言えば、それはどれもこれも言い訳にしか聞こえません。わたしはそう思われるのが嫌なのです。わたしは自分が選んできた道は、そのときの状況の中では最善の道だったといまも思っています。そして、それがわたしの意に反した結果をもたらしたとしても、その結果をわたしは逃げずに受け止めるつもりです。でも……あなたたちが是非そうしてほしいと言われるのなら、わたしはあなたたちの考えに従い、法廷で無罪を主張します。それでよろしいですね」

「そして無罪を主張するだけではなく、戦争に反対し、戦争回避のために最善の努力をした者が被告人たちの中にいることを、必要なときに我々のために証言してください」

「申し訳ありませんが、わたしは証言台に立つつもりはありません。連合国軍の連中に自分のした行為をあれやこれやと言われるのはわたしのプライドが許しません。もしこの裁判が中立国の手で行われているのなら、そして戦勝国が戦場で行った行為も我々と同じように裁かれるのなら、わたしは正々堂々と自分の意見を表明します。しかし残念ながらこの裁判は戦勝国が敗者を裁く裁判です。このような裁判のどこに公正中立な裁きが期待できるでしょう。晒し者にされるのは被告人席に座らされている間だけで十分です。それ以上の辱めを受けるつもりはありません」

小田が誇り高き男だということは世間でもよく知られていたが、まさかここまで頑なになり、意固地になるとは思ってもいなかった。宮田は半ば諦めの心境になったが、もうひとこと言わずにはいられなかった。

「のちの世の子や孫たちのためにも、辱めに耐えて戦うのがいまの我々の務めです。ともに戦いましょう」

しかし宮田の言葉は小田のこころを動かすことはなかった。小田は口許に微かに笑みを浮かべ、残念そうに言った。

「申し訳ありませんが、わたしは口を閉ざし、傍観者としてこの裁判を見物させていただきます。この裁判は見方によってはこれからの世界を予言する、面白い裁判になるかもしれません」

宮田元外相は小田の言葉を聞くと、逆に闘争心が湧き起こった。

「わたしは傍観者としてではなく当事者としてこの裁判に臨みます。日本はアメリカの策略に引っかかり、開戦を余儀なくされたのです」

「確かにあなたの言われるとおりでしょう。しかし連合国は開戦に至るまでの経緯などは一切考慮に入れず、日本は宣戦布告なしで真珠湾を奇襲攻撃したと言って我々を卑怯者呼ばわりするでしょう。このようなことを相手の国から言われるのは名誉を重んじる大国日本としては最も恥ずべきことです。黙っているわけにはいきません。しかし法廷の証言台に立ってアメリカの非道を主張してみても、勝利者の立場にある彼らは我々をなぶり者にし、我々の弁明のひとつひとつに反論し、我々を極悪人に仕立て上げていくでしょう。わたしたち被疑者の中にはそのように証言台でなぶり者にされるのを嫌い、証言台に立つのを拒む者がかなりいると聞いています。証言台に立つのも立たないのも、どちらもプライドをかけた戦いです」

小田元首相は言い終わると、こころの中で老兵は消え去るのみとつぶやいた。のちの世のことはのちの世の人が考えればいい。わたしたち老人が口出しすべきことではない。

春の陽射しは穏やかで暖かく、少し霞のかかった空は広々として美しかった。一年前の東京の空は敵機の襲来に怯え、仰ぎ見ることさえ怖かったことを思うと不思議な気持ちだった。

翌日、髪をきれいに七三に分けた白髪頭の宮田元外相は弁護士の戸塚伊三郎と金網越しに面会した。戸塚弁護士はこの裁判では被告人たちが今度の戦争で何を考え、どう行動したかを問うべきであって、訴追の対象になっている期間において、国家の重要な役職に就いていたという理由だけで罪を問うべきではないと主張するつもりだった。しかし旧陸軍出身の被告人の側に立って弁護活動をしている弁護士たちは個人の考えなどは一切考慮に入れず、あくまでもこの戦争の正当性を問題にするべきだと主張した。極端な言い方をすれば、被告人たちが無罪になろうが有罪になろうがそんなことはどうでもよく、この裁判において今度の戦争の正当性さえ認められれば、裁判に敗れ、被告人たちが処刑されることになったとしても、そのときは彼らの墓前に優雅な花を手向ければ、それで済むと覚悟を決めていた。旧陸軍出身の被告人たちの多くも彼らと同じ考えで、国家に殉ずることができればそれも本望だという気概を持ってこの裁判に臨んでいた。

戸塚弁護士の弁護方針を聞くまでは、宮田は自分のした行為の正当性を主張するために、他の人のした行為を非難することは卑怯者のすることで、人間として許されない行為だと考えていた。そしてそんなことをするぐらいなら、人の罪を背負い、何も語らず、黙って刑に服するほうがいいとさえ思っていた。しかし人に責任を押し付けるのではなく、自分の正当性だけを主張するのなら、誰に迷惑をかけることもなく、誰に負い目を感じる必要もない。しかし果たしてそんな芸当がうまくできるのだろうか。自分がこの戦争に反対し、戦争回避のために努力したことを説明するにはどうしても、自分と考えが異なり、自分の意見に反対した者のことについても触れなければならない。もしそのことには一切触れずに自分の行為の正当性だけを主張したとすれば、必ず検察官からその点について厳しく問いただされ、逃げ場を失い、他の被告人を非難せざるを得なくなるのではないだろうか。そう考えると、小田のように何も語らず黙っているのが一番賢いのかもしれない。

宮田のこころは揺れ動いた。しかし自分がアメリカやソ連との間で長期間にわたって交渉した結果、ようやくまとまりかけた約束の、そのことごとくに反対し、邪魔をした陸軍の軍人たちを許す気にはなれなかった。そしてまた誠実に交渉をしようともせず、無理難題を一方的に押し付けてきて、最後はこちらが到底受け入れることのできないような条件を突きつけて、日本を戦争せざるを得ない状況に追い込んだアメリカを許すことができなかった。宮田は法廷で自分の立場を主張し、陸軍やアメリカの理不尽さを世に示したかった。

宮田は怒りが込みあげてきて、突然、堰《せき》を切ったようにしゃべりはじめた。

「対米強硬派の本郷さんは首相になる前は盛んに主戦論を叫んでいましたが、首相に指名されると急に態度を変え、わたしに戦争回避のためにアメリカやソ連と交渉してくれないかと要請してきました。わたしは戦争だけは何が何でも回避しなければならないと考えていたので、本郷さんの要請をこころよく受け入れ、外務大臣を引き受けることにしました。わたしは外務省内でも対米協調派として知られていて、その当時は要職を解かれ、閑職に追いやられていました。そこで外相に就任するとすぐに省内の対米強硬派を一掃し、わたしと考えを同じくする者たちを集め、戦争回避に向けての態勢を整えました。本郷さんは天皇陛下から戦争回避のために尽力するようにと命じられていたようです。わたしはアメリカに対して甲乙二通りの妥協案を用意し交渉に当たりましたが、陸軍とアメリカの強硬な反対にあい、交渉は思うようにははかどりませんでした。そして最後にはアメリカから最後通牒を突きつけられ、やむなく開戦を決意したのです。しかしわたしは最後の最後まで何とかして戦争は回避できないものかと努力をしました」

「ではなぜ、開戦が決まったとき、それに反対して辞表を提出されなかったのですか」

「開戦と決まったときの交渉責任者であるわたしが、開戦の責任を負うべきだと考えたからです。開戦詔書に署名せず、後任者にその責を負わせることはできません」

戸塚弁護士は宮田の答えに満足した。しかしそれだけでは連合国軍が支配する法廷を納得させることができないと思い、重ねて尋ねた。

「あなたは本郷首相と意見が合わず、一旦は大臣を辞任されましたが、また内閣に戻ってこられました。あなたは終戦時の外務大臣でしたね」

「サイパン島の陥落を知って、最早敗戦は免れられないと思ったからです。それなら微力ではありますが、少しでも戦争の被害を少なくし、国力を温存できればと考え、内閣に戻ってきたのです。わたしがこの国にご恩返しできる最後の機会だと考えたからです」

「結果的には、開戦時においても終戦時においてもあなたの努力は報われませんでした」

「ご指摘のとおりです。戦争を避けることも、終戦を早めることもできませんでした。努力が足りなかったと言われれば返す言葉もありません。政府が無条件降伏を受諾したとき、わたしは敗戦の責任を負う覚悟をしました」

無念さが宮田の言葉の端々に滲み出ていた。剛直で、これと思うと信念を曲げず、まっしぐらに直進する、気性の激しい宮田だっただけに、自分の思いどおりに事が運ばなかったのが余程悔しかったのだろう。

宮田は自問するようにつぶやいた。

「この裁判は何かと問われれば、自らを罰する覚悟ができている者が、原爆を投下した敵国の手によって罰せられる喜劇だとわたしは答えるでしょう」

戸塚は宮田を突き放すように冷たく言った。

「あなたたち被告人が世界の平和にとって害になる存在なら、そしてまた、報復を企てる存在になる危険性があるのなら、道徳的問題など一切考慮に入れず、彼らは政治的な問題としてあなたたちを法の名において断罪するでしょう」

「あなたの言われるとおりです。権力の側にいる者は自分たちの生存を脅かし、危害を加える恐れがある者を、社会の敵とみなし、その危険が自分たちに及ぶ前に、法の名の下に処罰するでしょう。法はある意味で権力の側にいる者の道具です」

戸塚弁護士は諦めるのはまだ早いというように、姿勢を正して言った。

「しかし彼らにどういう理由があったのかはわかりませんが、彼らはあなたたちに法廷で戦う権利を与えたのです」

宮田は小さくうなずき、顔を上げた。その眼に力強さが甦っていた。

「わたしたちを即座に処刑すればよかったのに、こんな面倒くさい政治ショーを用意してくれるとは彼らはおめでたい連中ですね」

その同じ日に小田元首相は弁護士のハメル・トプラと向かい合っていた。

トプラは厳しい口調で咎めるように言った。

「小田さん、あなたはこの裁判では何も発言しないつもりのようですが、それは許されません。いやしくも国家の代表者たる位置に就かれたことのある人が、自国のとった政策について何も語らないのは、国民に対する背信行為です。あなたは国民の負託に応える義務を負っています」

小田は諭すような穏やかな口調で言った。

「わたしの内閣で政策を決定したときはその都度、わたしは国会において、また記者会見の場において国民に丁寧に政策の趣旨を説明してきました。いまさらそれに何かを付け加えれば、あのとき嘘をついたということになります。わたしはあとになって、言い訳めいたことを言うのは自分の性格からして嫌です。そんなことをするぐらいなら誤解されたままでいたほうがマシだと思っています」

自分の性格を持ち出し、頑なに意地を張っている場合ではない。責任ある立場にあった者は、自分の信念に反してでも、また世間に恥を晒すことになってでもその責任を果たさなければならない。トプラは小田の片意地な態度に我慢ができず、皮肉まじりの表情を浮かべて言った。

「あなたはこころの強い方ですね」

小田は柳に風というふうに澄ました顔で言った。

「そうでしょうか。わたしは自分に対して誠実に生きたいと思っているだけです」

これ以上言い争っても埒が明きそうもない。トプラは突然話題を変えた。

「日本が海外へ眼を向けるよりもはるか前から、欧米列強は武力でもって他国を侵略し植民地として他国を支配しています。そのような国が正義面をして、臆面もなく平然と、日本を、世界平和と民主主義の名の下で他国を侵略した罪で裁こうとしています。このようなことが許されるでしょうか」

思いがけないことを突然トプラから尋ねられて、小田はどう返答すればいいか迷った。外国人の弁護士の中には日本に敵意を持っていて、検察官のスパイとなって、被告人たちの様子を探っている者がいると聞いていた。これはもしかしたら敵が巧妙に仕掛けてきたワナかもしれない。小田は用心するに越したことはないと思った。

「トプラ弁護士、あなたは何が言いたいのですか」

「日本は欧米列強の一国であるロシアに戦いを挑み、見事に勝利をおさめました。わたしのいまの国籍はアメリカですが、わたしの肌の色からもおわかりのようにわたしの祖父母の生まれた国はインドです。わたしは日本が白人の国ロシアに勝ったと知ったとき、思わずこころの中でバンザイと叫びました。なぜなら、わたしたち有色人種も白人と対等に戦うことができることを教えてくれたからです。日本は植民地の人々のみならず、各国に散らばっている有色人種の人々に勇気と希望を与えてくれたのです」

トプラの口調はさらに熱を帯びてきた。

「アジア各国の革命家たちを集めた大東亜会議の席上で、今度の戦争は欧米列強からアジアを解放するための戦争だと、日本が世界へ向けて宣言したとき、わたしはひとつのひかりをそこに見たような気がしました。わたしの祖父母の祖国であるインドでも、日本の支援を受け、独立戦争を開始した者がいます。またインドだけではなく、インドネシアやフィリピンでも同じように日本の支援を受け、独立のために立ちあがった革命家たちがいます。その熱く燃え上がった炎を消してはいけません。これからはじまる裁判の場で欧米列強の非道を暴いてやるのです」

小田佐吉は地元の有力者からの経済的な支援を受け、青雲の志を抱いて東京の大学に入学した。そして武力ではなく外交の力でもって欧米列強との間で締結した不平等条約を改正し、日本が欧米列強と互角に肩を並べられる国になることを願い、外務省に入省した。彼はアメリカをはじめとする世界の主要な国々の大使館に勤務し、世界の情勢をつぶさに見聞しながら、世界の動向を合理的に分析する能力を身に着けていった。その点では小田は有能な外務官僚だった。しかしその一方では、そのような合理的な考え方とはまったく逆な、ある一面では、国事のためなら身命を投げ打って奔走する国士風の熱いこころを持った憂国の士でもあった。

トプラ弁護士の話を聞いていて、小田佐吉は、開国以来続いてきた日本の弱腰外交を自分の力で断ち切り、日本民族の誇りを取り戻すのだと誓った、あの若き日のことを思い出した。その思いはいまも変わっていない。トプラがこの日本をアジアの国々の先頭に立ち、欧米列強の手から祖国を解放するために戦う盟友だと思ってくれているのなら、それに応える義務がある。しかし小田のこころのどこかでは、日本が行った行為が本当に彼らの言うような純粋な気持ちから出たものかどうか疑っていた。

　だが小田は現役として活躍していた時代のことを思い出して、自分のこころの奥底に潜んでいるものを引きずり出してきて、あれやこれやと詮索する気持ちには毛頭なれなかった。小田は自己弁明など一切せず、卑怯者のそしりを受けようとも、自分がしたことの評価を後世の人に託そうと思った。そして最後は誰にも邪魔されず、自戒の念をこころに秘めて静かにあの世に旅立とうと考えた。


「小田さん、あなたはひとり静かに人生を終えようと思っておられるようですが、それは許されません。欧米列強がいまのまま、これからも世界の覇者として君臨し続けることは許されないのです。一度燃え上がった民族解放の炎を消してはいけません。この裁判で彼らの非道を暴き、断罪するのです。アジアの民衆のためにもう一度力を貸してください」

　小田はそのような熱い思いを持って、民族自決のために立ちあがろうとしている人々がいることがうれしかった。小田は自分がやってきたことが、そして自分が若き日に抱いた志が間違っていなかったと確信した。またそれと同時に、その志の裏に別の思いが潜んでいないことを願った。

小田はトプラ弁護士から眼を逸らし、小さな窓から見える空を見た。初春のひかりが牢獄の建物の上に静かに輝いている。

小田はトプラのほうに振り返った。

「あの空を見ていると戦争などなかったような気がします」

トプラは小田の心境が理解できず、怒りが込みあげてきた。

「わたしはわたしの立場で植民地の人々のために戦います。そしてこの裁判がいかに偽善に満ちたものであるかを、また連合国がニセモノの民主主義を声高に叫び、それを弱者に強引に押し付け、自分たちの支配しやすいように虚構の正義を作り上げようとしているかをこの裁判をとおして証明してみせます。正義は虐げられている者の側にあって、支配する者の側にはありません。このことを忘れてはいけません」

小田はそれぞれの国や人がそれぞれの立場に立って、自分たちの権利を主張するためにこの裁判を利用しようとしているのではないかと思った。そしてそのような利害関係が複雑に錯綜する場において正義が実現するとは思えなかった。

その八

四月も中旬に差しかかり、開廷も間近に迫ってきた。弁護団は弁護方針を話し合うために市ヶ谷にある旧陸軍士官学校の会議室に集まった。

弁護団団長の北島利郎が口火を切った。

「陸軍出身の被告人の弁護士と、海軍や外務省出身の被告人の弁護士とでは、弁護方針がそれぞれ違っています。このままでは弁護活動をしていくうえでいろいろな矛盾が生じる恐れがあります。ここはひとつ弁護団としての統一見解を打ち出し、裁判に臨むべきです」

北島利郎は大学を出るとすぐに弁護士になり、衆議院議員になってからは衆議院副議長や党の幹事長などの要職を歴任し、いろいろな局面で法律問題に携わってきた男だ。特に戦時中は戦争に関する国際問題について政府や陸軍から見解を求められ、法律的な問題について意見を述べてきた。そのようなこともあって国際法に詳しい弁護士として、旧陸軍省から陸軍出身の被告人たちの弁護を依頼された。北島は陸軍出身の被告人の中の何人かは個人的にもよく知っていて、彼らの心情はよく理解していたので、彼らの考えを代弁するには自分が一番相応しいという強い気持ちで弁護人を引き受けた。

戸塚伊三郎が、

「この裁判で問われているのは被告人ひとりひとりの犯罪です。その意味からも、被告人個人の救済を第一の目標として戦うべきです」

と発言すると、即座に北島が異議を唱えた。

「個々の弁護人が自分の担当する被告人の立場に立って弁護活動すればどういうことが起こると思いますか。互いに自分の担当する被告人の無罪を主張することによって、結果的には他の被告人を罪に陥れる危険性があります。弁護団としては全員の無罪を勝ち取るためにも、そのような事態だけは避けなければなりません。そのためには弁護団が一体となって日本が行った戦争の正当性を主張しなければなりません」

戸塚はそれは論外だというふうに語気を荒げて言った。

「閣内や軍部の中枢にいて、この戦争に反対し、阻止するために努力した者がいたことを忘れてはいけません。それなのに、この戦争を全面的に肯定する立場で論陣を張り、この裁判に臨むことは、被告人個人を守る立場にある弁護人としては到底受け入れることはできません。確かに彼らは国家の存続という目的では考えが一致していたかもしれませんが、実際の行動においては個々別々に各人の考えに基づいて行動したはずです」

北島は自分の意見が受け入れられなかったことでカッとなり、戸塚を睨みつけた。

「あなたの考えでは弁護団としての統一見解は不要だということですか」

戸塚も負けずに睨み返した。彼の口調に熱が帯びてきた。

「そうではありません。わたしが言いたいのは個々の被告人を弁護する場合には個々の被告人の立場に立って、他の被告人のことなどは考えず、自分が担当する被告人の無罪を勝ち取るために全力を尽くすべきだということです。しかし弁護団として一丸となって法廷の場に臨む必要があるときには、見解を同じくするところについては、北島団長の言われるとおり、共同戦線を張る必要があります。例えば皆さんも同じ意見をお持ちだと思いますが、この裁判は戦争当時には存在しなかった法律に基づいて日本を裁こうとしています。法律に明文規程がない限り、人を罰することはできません。これは法の基本原則です。そしてそれだからこそ人は安心して法に従い、社会の中で生きていくことができるのです。それをあとになって自分たちに都合のいい法律を作って、それを過去にまで遡って適用し、人を罰しようとする行為は決して許されません。しかし仮に連合国側の強引な論法に押し切られ、事後法だという我々の主張が認められなかったとしても、まだ他にもこの裁判の無効性について争う方法はあります」

北島が身体を乗り出すようにして尋ねた。

「例えばどんな方法ですか」

その問いに戸塚は勢い込んで答えた。

「この裁判は日本がポツダム宣言を受諾したことによって、その宣言の中にある戦争犯罪人に関する罰則規定に基づき開かれる裁判です。つまりポツダム宣言が対象とする真珠湾攻撃の日、一九四一年十二月八日から、ミズーリ号上で降伏文書に調印した日、一九四五年九月二日までの期間に日本が行った行為について問われる裁判です。しかしこの裁判ではそれよりも前の期間、満州事変の発端となった一九三一年にまで遡って被告人たちを裁こうとしています。これは明らかに管轄権限外の行為です。真珠湾事件以前の行為に関する訴えは認めることができません。その他にも裁判長の資格の問題もあります。弁護団としては、この裁判に利用できる法理論があれば、どんな乱暴な法理論であっても、被告人の無罪を勝ち取るためにそれを利用しなければいけません」

戸塚のそばにいた弁護士が両手を握りしめて言った。

「この裁判が何の法的根拠もない、戦勝国が敗戦国を処罰する目的だけで開かれた違法な裁判だということを我々の手で実証しようではありませんか」

トプラ弁護士が立ちあがった。

「たとえこの裁判が何の法的根拠もない違法な裁判であったとしても、連合国軍がこの法廷をプロパガンダの場に利用しようとしているように、我々も民族解放の、独立運動の場にこの裁判を利用すべきです」

戸塚弁護士は厳しい口調で言った。

「それは許されません。この法廷は被告人の無罪を勝ち取る場であって、政治闘争をする場ではありません」

しかし北島弁護士が主張するように、今度の戦争の正当性を法廷の場で争う限り、政治を抜きにして考えることはできない。それならいっそうのこと真正面から政治問題を打ち出して争うほうがこの裁判を有利に運ぶことができるのではないかと思ったトプラは、執拗に食い下がった。

「連合国の連中は自分たちに都合のいい、身勝手な正義を世界に広めるために、この裁判を政治ショーとして利用しようとしています。その証拠は、市ヶ谷にある旧陸軍士官学校の建物内の講堂をハリウッド映画の撮影所のような巨大なセットに作り変えたことです。照明設備だって映画の撮影が可能なように強烈なライトを用意しています。そしてこの、新たに作られた法廷に最も相応しい敵将の首を見つけ出そうと彼らは躍起になっています。ようやく晒し者にするメンバーも決まり、彼らは起訴状の準備に取りかかっています」

戸塚が咎めるような口調で言った。

「トプラ弁護士、あなたは連合国に対して敵意を持っておられるようですね。しかしそのような感情を持って弁護活動をすれば、裁判官の心証を悪くし、被告人たちを不利な立場に追いやることになります。弁護士としての一般的な心得をいまさらお話しするのも何ですが、弁護士は被告人の主張に基づいて証拠を集め、被告人の主張が裁判において理解され、認められるように努力するべきです。それを自分の主張に基づいて、被告人の意思とは別に、被告人を弁護する立場を離れて、弁論を展開することは弁護士としては許されない行為です」

トプラは太い眉をしかめて、褐色の肌を赤くし、戸塚の発言を遮った。

「わたしは正直なところ、欧米列強からアジアの国々を解放するためという、このたびの開戦についての日本の主張をそのまま素直に認めることはできません。日本は欧米列強に代わってアジアの国々を自分たちの植民地にしようと企んでいたと言われても仕方のないような卑劣な行為を、中国大陸や朝鮮半島において繰り返し行ってきました。そのひとつの例が満州国の樹立です。日本は五族の協和による王道楽土の建設だと言って、満州に傀儡政権を樹立し、満州族を国務総理や各部署の大臣などの要職に就任させました。しかしそれは世界の眼を欺くための策略で、実質的には関東軍司令官が満州国を支配していました。これでは満州を武力で支配し、占領し、植民地化したと言われても仕方がありません。日本は満州から産出される地下資源を安価に手に入れ、自分たちの兵器に変えたのです。しかしある意味ではというよりも結果的には、日本はアジアを欧米列強の手から解放するために闘ったと言えないことはありません。この戦争をきっかけにしてアジア各地で独立運動の炎が燃え上がったのですから」

そばでふたりの会話を聞いていた北島は得意げに自説をしゃべり続けているトプラを見て、苛立ちの感情を隠すことができなくなった。

「トプラ弁護士、あなたは何が言いたいのですか」

トプラの怒りが爆発した。

「連合国が被告人たちを公正中立な立場で裁きたいのなら、中立国から裁判官を選ぶべきです。しかしこのたびの戦争で血の一滴も流さなかった国が、戦争が終わると、得意げに裁きの場にしゃしゃり出てきて正義面されるのが不愉快なら、少なくとも裁判官のひとりに日本人を加えるべきです」

　戸塚がまた自分の主張を繰り返した。

「トプラさん、わたしたちが忘れてはいけないことは、これから法廷に引きずり出される被告人たちは戦時中の役職によって裁かれようとしていることです。わたしたちが弁護しなければならないのは、組織の中の役割についてではなく、組織の中で苦悩した生身の個人です。彼らは組織の一員として、ときには多数の意見に従わざるを得ないこともあったかもしれませんが、結果だけを見るのではなく、彼らがそのときどきに表明した意見は尊重されなければいけません。彼らがあのときどのように考え、どう行動したかをひとつひとつ丁寧に検証し、それを弁護活動に反映させることこそが大切であって、わたしたちはそのような姿勢で弁護活動を行うべきです。つまり国がどのような方針で国策を決めたかではなく、そのときどきの政策に被告人たちがどう関わったかを問題にすべきなのです」

　北島が弁護団団長としての立場を強調するように威厳を正して言った。

「これまでは国家が行った行為の責任を個人に問われることはありませんでしたが、今度の裁判は戦争犯罪について国家の責任だけではなく、その期間に政府や軍部の要職にあった者の責任も問われています。その意味では戸塚弁護士の言われるように個人の立場に立って弁護するべきかもしれません。しかし国策を決定する会議の場において反対の意見を表明したとしても、最終的に合意文書に署名した者は、やはりその責任を逃れることはできません。組織が行った犯罪に対してその責任を負う立場にある者を弁護する場合にはやはり国家が行った行為を弁護の対象とすべきです」

戸塚がなおも執拗に食い下がった。

「たまたまそのとき不運にもその要職にいたという理由だけで裁かれていいのでしょうか。国家が犯した犯罪の責任を個人に問えるかどうかからこの裁判をはじめるべきです。国際法や国内法に定められたルールに則り、組織の一員として多数決の原則に従って意思決定を行い、その決定に基づいて実行したのであれば、国家が犯した犯罪について個人の責任を問うべきではありません」

トプラが異議を唱えた。

「わたしは国家が犯した犯罪を個人に問うことには賛成です。相手国との交渉が決裂し、戦争をするべきかどうかを決断しなければならない立場に立たされた者は、自分がこれから行おうとする決断が、個人の立場で、のちの世代の人から人道的に見て、それが許される行為であったかどうかを、もう一度改めて問われる日が訪れるのではないかと思うと、国際法や国内法だけではなく、おのれの倫理観に基づいて慎重に判断を下すはずです。そうした観点に立てば、他民族を隷属させ、支配するような人道に反する行為は決してできないはずです。もしそのようなことをすれば、いつか必ず正義の名において裁かれるのですから」

戸塚が尋ねた。

「トプラさん、あなたは事後法を認めるのですか。それとも成文化される以前から普遍的な法が存在するという立場に立って、神の名において人を裁こうとしているのですか」

「わたしは法律家として事後法は認めません。しかしわたしの知る限り、アメリカは自国の都合のいいように法を定め、それがいかにも万国共通の国際ルールであるかのように偽り、それを他国に押し付け、世界のオピニオンリーダーとして世界に君臨しようとしています。そして自分たちの言いなりにならない国があれば、自分たちが勝手に作った法を根拠に、武力をもって従わせようとします。今度の、この裁判も同じことが言えるでしょう。

彼らは自分たちに都合のいい旗印を見つけてきて、事後法だろうがそうでなかろうがそんなことなどお構いなしに、自分たちのやりたいことを強引に推し進めようとしています」

北島は意見があっちへ行ったりこっちへ行ったりして、一向にまとまりそうもないのに業を煮やし、強引に結論へと導いた。

「トプラ弁護士の意見もよくわかりますし、戸塚弁護士の意見もよくわかります。しかし弁護団としてはひとつの方針でもって検察側と対峙する必要があります。もし仮にその一か所でも我々弁護団の論理的石組みが崩れれば、彼らはそこへ付け込んできて、我々の弁護活動を混乱させるでしょう。わたしたちはそれだけは避けなければなりません。そこでわたしとしては国家弁護を最優先とし、国家弁護をとおして被告人の無罪を勝ち取るのが一番いい方法だと考えます。その方針でよろしいでしょうか」

戸塚はなおも執拗に反対の意見を繰り返した。

「わたしは北島団長の意見には賛成できません。弁護人としてはそれぞれの担当する被告人の立場に立ち、その被告人の無罪を勝ち取るために最善の努力を尽くすべきであって、他の被告人たちのことまで考慮に入れる必要はありません」

北島はもうこれ以上は我慢できないというふうに鋭い視線を戸塚に向けた。

「戸塚弁護士の言うような方針で弁護活動すれば、結果的に被告人同士で互いに醜い争いをすることになります。第三者の眼から見れば、それは責任のなすり合いにしか見えません。そしてとどのつまりは、あいつは良心の欠片もない、卑怯な奴だと非難するでしょう。わたしはあなたの言うような方針には反対です」

戸塚はあくまでも自分の主張を繰り返した。

「わたしは弁護士の職業的良心にかけて、わたしの方針で弁護活動を行います。なぜならわたしには自分の担当する被告人のために無罪を勝ち取る義務があるからです」

北島弁護団団長は意見を取りまとめることを断念した。

「戸塚弁護士の考えはよくわかりました。わたしたちはわたしたちが最善だと思う方法で、協力できるところは共同で弁護活動を行うことにしましょう」

その九

一九四六年五月三日、極東国際軍事裁判が開廷した。法廷執行官の、「全員起立」というかけ声に合わせて全員が一斉に立ちあがると、正面に向かって右手奥の大きなドアが開き、まだ到着していないインドとフィリピンの代表を除く八人の裁判官がオランダ代表の裁判官を先頭に入廷してきた。そして彼らは自分たちに決められた席の後ろまで来るとその場で立ち止まり、ジェームズ・バーガー裁判長が現れるのを待った。少し遅れて現れた肩幅が広く背の高い裁判長は、法廷に出席している全員の眼が自分に注がれているのを意識し、ゆっくりとした歩調で中央の裁判長席まで進み、軽く会釈して、自分の席に腰を下ろした。それに合わせて他の裁判官たちもそれぞれの席に腰を下ろし、居住まいを正した。裁判官席の後ろには十一か国の国旗が立っていた。壇上に居並ぶ裁判官たちは軍服姿のソ連の裁判官を除き、全員が黒い法服を身にまとっていた。

法廷執行官は法廷全体に響き渡るような大声で、「全員着席」と叫び、全員が着席したのを見届けると、開廷を宣言した。そしてそれに続いてバーガー裁判長が開廷の辞を述べ、そのあとジョン・コニン首席検察官から各国の代表検察官が紹介され、午前の法廷は終了した。

午後の部は休憩を挟んで午後二時半から再開された。

弁護人席の後ろに裁判官席と向かい合うようにして被告人席が作られていた。被告人たちは背広や国民服や襟章を外した軍服など、各人それぞれ思い思いの服装で、二本の通路を挟んで二段三列になった席に腰を下ろしていた。天上から吊り下がるシャンデリアが煌煌と輝き、何台もの映像記録用カメラが鈍い音をたてて回っていた。しかしなぜかそこにはこれから厳粛な裁きがはじまるといった厳かな雰囲気はなく、それより、これから華やいだ祝祭がはじまるというようなざわめいた空気が漂っていた。被告人席から見て右側の特別傍聴人席にはその日の祭りの主人公たちを見ようと連合国軍の将校や外交官やその婦人たちがきらびやかな服装をして詰めかけていた。不謹慎な言い方かもしれないが、彼らの登場が祝祭の場を一層華やかにしていた。

被告人たちは一様に表情を強張らせ、ある者は落ち着かないようすであたりを見回し、またある者は周囲のことなどまったく関心がないというふうに泰然と正面を見つめていた。そして被告人たちは、壇上に居並ぶ裁判官たちがこれからはじまる政治ショーの一方の担い手として、また人類の正義を代表する裁き手として、その役割を十分に果たし得る人物であるかどうかを値踏みするかのように冷ややかな眼で彼らを見つめていた。

裁判官たちもまた同様に、これから裁かれようとしている被告人たちがどのような人物たちなのだろうかと考えながら彼らを見つめていた。被告人席にいる被告人たちは、つい先日までは国家の指導者として華やかな舞台に立っていた人たちだった。その中にはいま裁きが行われようとしているこの旧陸軍士官学校の講堂の壇上で全陸軍の兵士に向かって大号令を発した者もいるはずだ。それがいまは惨めにも囚われの身となり、同じ場所で罪人として裁かれようとしている。被告人たちがどのような思いでこの場所に座っているのかと思うと、裁判官たちも複雑な心境だった。

本郷義美元首相は、自分のこの法廷での一挙手一投足が、焦土と化した国土から這い上がろうとしている国民の眼にどう映るのだろうかと思うと、その責任の重さに極度の緊張感に襲われた。本郷はこころの中で、祖国に対する忠誠心を忘れず、毅然として胸を張り闘い抜くのだとつぶやいた。その思いは被告人席にいる者たち全員に共通した思いでもあった。敗戦の責任は自分たちにある。しかし敵国から罪人として裁かれる謂れなどどこにもない。我々はこれからはじまる裁判で誰の眼から見ても恥ずかしくない姿を国民に示さなければいけない。

だが、被告人たちに向けられた眼は冷ややかで敵意に満ちていた。法廷の建物全体から、早く首を吊るせという怒号が聞こえてくるようだった。彼ら、被告人たちの多くは動揺している姿を国民に見せたら、そこで勝負は終わりだと思った。ここはあくまでも強いリーダーとして最後まで振る舞い続けなければいけない。

しかし他の被告人たちとは違い、元首相の小田佐吉のこころはすでに法廷の外にあった。彼は自分のこの世での務めはもう終わったと思っていた。そしてこれからの残されたわずかな時間を国と家族への感謝の気持ちを忘れず、最後は未練を残すことなく、潔く死刑台の露となって消えればいいと思っていた。

小田佐吉の考えとは少し違うが、同じようにすでに幽明の世界に紛れ込んでいる者がいた。それは元中支那派遣軍司令官の古島茂一陸軍大将だった。彼は軍人とは思えない、痩せ細った、華奢な体型の、飄々とした雰囲気の漂う人物だった。彼はこの裁判で南京事件の現場の最高指揮官として、その責任を問われていた。

彼は部下に捕虜や市民の虐殺を命じたことはなく、逆に事件のことを知ったあとは、虐殺行為に関わった兵士たちを逮捕して軍法会議にかけて厳しく処罰しようとしたが、殺気だった戦場の異様な雰囲気の中ではそれは許されず、逆に部下からの怒りを買い、何らの処罰も下すことができなかった。彼はこのような帝国軍人として決して許されない恥ずべき行為が自分の配下の者の手で行われたことを思うと、天皇陛下の大切な兵を預かる者としていつかは一身をもって陛下に詫びねばならないと思っていた。

その日が間もなく訪れようとしている。彼はその日が訪れるまで、戦場で散っていった同胞たちだけではなく、同じように戦場で散っていった敵国の兵士や住民たちの無念の思いをもこころに深く刻み付け、念仏を唱える日々を送っていた。このような古島の姿勢を、責任逃れの卑劣な行為だと言って嘲笑う者がいた。彼らには念仏を唱え、死者を供養するだけの日々を送り、一向に敵と戦おうとはしない、世捨て人のような古島の態度が許せなかったのだ。

そのような考えを持つ被告人のひとりが加納弘二元陸軍大将だった。戦争とは人殺しであり、それを職業としている軍人が戦場で散っていった同胞や敵兵のことを思い、彼らの無念に思いを馳せることは、軍人としての勇気ある行動の妨げになると加納は考えていた。軍人はいつでも死ぬ覚悟ができていなければならない。戦死は軍人にとっての最高の名誉であり、恐れるべきものでも、悲しむべきものでもない。加納はこの法廷もまた戦場だと思っていた。そして戦死した同胞たちの名誉がのちの世まで讃えられるよう、彼らがいかに戦場で勇猛に戦ったかをこの法廷で明らかにすることが、いま自分にできる戦死者に対する唯一の供養だと考えていた。

それぞれの被告人たちはそれぞれの思いを胸に抱いて被告人席に座っていた。そして見苦しい真似だけはすまいとこころに誓っていた。

法廷執行官による起訴状の朗読がはじまると、突然、被告人席から異様な叫び声が上がり、法廷内が騒然となった。カメラマンたちは一斉に被告人席に駆け寄り、盛んにフラッシュを焚いた。カメラのレンズの先にいたのは思想家の乗岡強だった。なぜこのような出で立ちで法廷に現れることができたのかわからないが、乗岡は水色のパジャマ姿で、裸足に下駄を履いていた。彼は意味不明の言葉を口走りながら被告人席にうずくまり、両手で頭をかいたり、両手を合わせて合掌したりして不可解な行動を繰り返した。被告人席の後ろに立っていた法廷憲兵隊長が慌てて駆け寄り乗岡の両肩を押さえ付けた。

乗岡はなぜこのような奇怪な行動に出たのだろう。彼は中谷信夫元陸軍少将との間で、連合国軍が設置した法廷を自分の力で道化師たちが戯れる喜劇の舞台に変えてみせると約束していた。ではその約束を果たすために、乗岡は狂気を装ったのだろうか。

乗岡はこのような狂気じみた振る舞いをすれば、自分がこれまでに築き上げてきた思想がただの哀れな狂人の戯言だったのではないかと思われ、この世から塵芥《ちりあくた》のごとく葬り去られてしまうのではないかと恐れていた。そんなことをするぐらいならいっそのこと自分の思想に殉じ、この馬鹿げた法廷を自決の舞台に変えてしまうほうが余程マシだと考えていた。

乗岡の思想の根底にあるものは何かと言えば、それは、日本は現人神を国主としていただく、世界に比類のない、神聖にして侵すべからざる国家であるということだ。そしてそのことを堂々と世界に向けて宣言し、世界の国々の盟主となって理想の世界を作り上げるというものだった。もし仮にこのような過激な思想をこの法廷で声高に叫び、連合国に論戦を挑めば、連合国は乗岡の思想を攻撃の材料にして、日本は排他主義の、自国本位の、国粋主義の、人類にとって最も危険な世界秩序の破壊者だと言って、日本の異常さを糾弾するだろう。彼らに都合よく利用され、自分の思想が辱められることだけは許せない。しかしこの法廷で何も主張しなければ、彼らの主張を認めたことになる。

乗岡は思案に思案を重ねた末にこのジレンマから抜け出した。敵が完全に支配する戦場で、勝つ見込みのない戦いを挑めば、惨めな思いをするのは敗者だ。乗岡は哀れな愚か者だと思われたくなかった。しかし黙って被告人席に座っているのは、彼の熱い血が許さなかった。彼は狂人を装い、さっさとこの法廷から逃げ出すことにした。

しかしこれはある意味では危険な賭けだった。狂人を装えば、乗岡だけではなく、彼の思想に共鳴した連中までが分別のない、哀れな愚か者だと思われる危険性がある。しかし乗岡は自分が求道の末にたどり着いた思想はどんなに悲惨な逆境に置かれても、決して揺らぐことのない永遠不滅の真理であると確信していた。自分の偉大な思想を醜く汚れた法廷に無防備にさらけ出すよりも、無傷のままのちの世に残すほうが得策だと考えた。

乗岡はこの法廷に集まっているすべての人間を愚弄するかのように、臆することなく狂人を演じ続けた。彼は水色のパジャマの裾を捲り上げ、胸や腹をはだけ出し、白い歯を見せ、不気味な笑みを浮かべ、大声を上げて笑った。その間カメラのフラッシュは休むことなく瞬き続けた。

乗岡は渾身の力を振り絞って叫んだ。

「出ていけ、悪魔ども。ここはお前たちのような汚れた者の来る場所ではない。道化師が踊り騒ぐ喜劇を演じたいのなら別の場所でやれ」

乗岡はアッという間に法廷憲兵隊の手によって法廷から引きずり出された。この日を最後に彼の姿は法廷から消えた。後日、日本の医師団によって精神鑑定書が裁判所に提出され、自らの弁護を行う十分な精神能力や判断力がないと診断された乗岡は訴訟の対象から除外され、精神病院へ送られた。

しかし残念ながら乗岡の本心を本当に理解できている者はそれほどいなかった。国民の多くは、あれは死刑を恐れて打った狂言芝居だと思っていた。彼らに言わせれば、いやしくも軍の若手将校たちから彼らの精神的指導者として絶大な支持を受けていた男なら、ここは最後まで自分の信念を貫き、法廷の場で正々堂々と連合国と戦うべきだということになる。こんな根性なしの卑怯者とは思わなかった。こんな男を信じた自分が情けない。そう言って嘆く者も彼らの中にはいた。地に落ちた英雄の末路ほど哀れで惨めなものはない。彼の虚像は瞬く間に剥ぎ取られ、裸にされた乗岡を顧みる者は、ごく少数の者を除いていなくなった。

その少数者の中には、日本の軍国主義を象徴する思想家の代表として乗岡を被告人に選んではみたものの、取り調べを進めていくうちに、彼の危険な思想に触れ、このような過激な思想が法廷の場で披露され、多くの国民の眼に触れることにでもなれば、乗岡の思想に共鳴し、連合国に報復を試みようとする者が現れるのではないかと連合国軍が恐れたからだという者もいた。彼らに言わせれば、乗岡が法廷で狂人の真似を演じてくれれば、起訴を取り下げてもいいという話を連合国軍が乗岡に持ちかけ、乗岡と連合国軍との間で司法取引が成立し、合法的に法廷から乗岡を消し去ったのだということになる。しかしこれは乗岡との間で合意がなければできないことで、処罰されることを恐れ、連合国軍と取引をして、自分の身の安全を図ろうとしたのなら、その行為は卑怯者のすることだと言われても仕方がない。

しかし彼らとは違い、中谷は乗岡の本心を見抜いていた。中谷はこの話を聞いたとき思わず手を叩いた。法廷の内部からこの裁判を嘲り笑う役割を引き受けてくれたはずの乗岡が、まさかこんな形で早々と法廷から姿を消すとは思ってもいなかった。しかし、法廷から乗岡の姿が消え、そこに巨大な空洞が生じたと感じたとき、乗岡は自分の想像をはるかに超えた、恐るべき人物だと中谷は実感した。

よくぞ見事に世間の眼を欺いてくれた。我々の期待以上の見事なお芝居だ。乗岡は汚された法廷から日本の魂を救い出してくれたのだ。わたしたちは救出された、穢れのない純粋な日本の魂を受け継ぎ、日本の再建に向かって突き進まなければならない。

中谷は密かに、入院中の乗岡と連絡をとった。

「このまま何もせず、狂人を演じ続けていてくれればいい。あとのことはわたしたちが引き受けた。乗岡さんは日本の大切な宝だ。再び立ちあがる日が訪れたとき、我々の前に現れてくれればいい」

乗岡の思いがけない行動によって審理が一時中断したが、それ以外は何事もなくお決まりの手続きに従い、裁判は順調に進行していくものと誰もが思っていた。しかしそうはならなかった。二日にわたる起訴状の朗読のあと、日曜日を挟んではじまった裁判の冒頭、裁判長が被告人の罪状認否に入ろうとすると、弁護団が激しい論戦を挑んできた。その口火を切ったのは北島弁護団団長だった。

この法廷に登場する人物は全員カメラを意識し、写真に撮られても恥ずかしくないそれなりの服装をしていたが、北島だけは彼らとは逆に、この法廷を嘲笑うかのようにわざとらしく、よれよれの背広を着て、ズボンの裾を無造作に長靴の中に押し込んでいた。

「この法廷には被告人を裁く権限はありません。その権限があると主張されるのなら、その根拠を我々に示してください。わたしたち弁護団はこのたびの戦争を侵略戦争だとは認めていません。しかし仮にそれを認めるとしても、そもそも侵略戦争とは何ですか。わたしの知る限り、いずれの国際法においても侵略戦争は犯罪とは定義されていません」

北島は二階の一般傍聴席に向かって、ここがこの裁判の最大の見どころだと言わんばかりに大見得を切って、さらに大声を張り上げた。

「それにどの法典を探してみても国家が犯した犯罪を、そのときたまたまその地位にあった国の指導者にその責任を負わせる規定は見当たりません。あなたたちがこの極東国際軍事裁判の法的根拠にしているポツダム宣言にしてもそうです。日本は確かにポツダム宣言を受諾し、無条件降伏しました。しかしそれは連合国軍の圧倒的な武力の前に日本は敗北を認めざるを得なかったからです。そのような圧倒的な力の差のある状況で受諾を余儀なくされたポツダム宣言を根拠にして、被告人たちを裁こうとするのは到底認めることはできません」

裁判長のジェームズ・バーガーは誰にも相談することもなく即座に異議申し立てを却下した。しかし北島は執拗に食い下がった。

「この法廷は連合国軍最高司令官の権限に基づきルールを定め、それに従って裁こうとするものです。しかし連合国軍最高司令官の権限がどこから付与されたのか不明です。権限の法的根拠が定かでない法廷を我々は認めることはできません。それにまた、ある事象が起きてからその事象を裁くために新たに法律を作り、過去の時点にまで遡って法を適用しようとすれば、法の秩序は破壊され、人々は恐怖の中で生きていくことになります。そのようなことがあってはいけません。そういう意味でこの法廷は何らの法的根拠も持たない、連合国が報復の目的だけででっち上げた偽りの法廷です」

バーガー裁判長は自分の裁判長としての権限が傷つけられたとでも思ったのか、カッとなって言い返した。

「わたしの許可なく発言したものはすべて無効です。裁判記録からいまの発言を削除します」

北島弁護士は裁判長がカッとなったのを見て、自分の思惑どおりに裁判がはじまったと確信し、顔色ひとつ変えず言った。

「裁判長、あなたがそこに座っていること事態が問題なのです。あなたは裁判長に就任する前に、調査官として日本軍の不法行為の調査に関わり、日本軍を手厳しく糾弾する報告書を作成しました。あなたはすでにこの裁判がはじまる前から、日本に対して偏見を持ち、敵意さえ抱いているのです。そのような裁判官に公正中立な裁きが期待できるでしょうか」

最後のセリフは傍聴席に向かってなされたものだった。

バーガー裁判長は事前にこのような批判があることを聞いていたので、今度は冷静に受け止めて、威厳を損なわないようにきっぱりとした口調で言った。

「それは裁判官忌避の動議ですか。動議だとすれば却下します」

「却下の理由を聞かせてください」

バーガー裁判長はもうこの問題はこれで終わりだというふうに、顔を真っ赤にして言った。

「この裁判の指揮権は裁判長である、わたしにあります。そのわたしが却下と言ったのですから、却下です。理由を述べる必要は認めません」

「このような、人の意見を聞こうともしない裁判長の下で裁判を行うことはできません。我々弁護団は全員即座に退場します。それでも構いませんか」

「好きにすればいいでしょう。必要があれば別の弁護士を選任するだけです。それでは罪状認否に入ります」

北島弁護士は初期の目的は達成したと思った。裁判長のこの裁判に臨む姿勢が明白になったからだ。


バーガー裁判長はさっさとこの裁判を終わらせたかった。彼にとってはこの裁判はすでに有罪が確定し、あとは量刑をどうするかの問題が残っているだけなのである。彼は日本軍が捕虜や住民たちに行った残虐な行為を許すことができなかった。できればこんな面倒くさい手続きなど踏まず、即決裁判で処刑すればいいと思っていた。しかしいざ裁判長に選任されると、さすがにそういうわけにはいかなかった。彼は法律の専門家として重要な職責を与えられた以上、形式どおりの手続きを踏み、厳粛な雰囲気の中で判決を下さなければならないと思っていた。

それだけにバーガー裁判長は、異議申し立てを連発してこの裁判の品格をおとしめようとする北島弁護士たちの行為が許せなかった。彼は自分の威厳が損なわれたと思っただけではなく、自分が裁判長を務める法廷が冒瀆されたと感じたのだ。

北島は、「即座に退場する」と宣言したが、一向に席を立とうとする気配を見せなかった。北島以外の弁護士もそのまま席に座っていた。そして先ほどの発言など忘れたように、また裁判所の管轄権問題について異議申し立ての動議を提出した。

「この裁判がポツダム宣言を根拠にして行われているのなら、訴追期間は太平洋戦争、つまり真珠湾攻撃の日から日本が降伏調印した日までの範囲に限られるはずです。それを満州事変にまで遡って裁こうとするのは管轄権限外の行為です」

バーガー裁判長は一瞬ためらい、しばらく沈黙の時間が流れた。しかしすぐに態勢を立て直し躊躇なく言い切った。

「管轄権限に関するすべての動議は却下します。その理由は将来必要なときに明らかにします」


ロナルド・ミレル検察官は法廷でのやりとりを冷ややかな眼で眺めていた。有罪、無罪を争う裁判である以上、被告人の無罪を勝ち取るために、知りうる限りのあらゆる法的手段を使って闘うことは弁護士に許された当然の行為だ。しかし神の裁く法廷ではそのようなことは許されない。この法廷で裁かれるのは平和に対する罪であり、人道に対する罪である。これらの罪は実定法で定められる以前から存在する、人間の本性そのものに基づいて定められたものである。これらの定めは道徳の根本原理であり、神の意志、すなわち万象を支配する永遠不滅の摂理である。

このような大罪を犯した者を小手先の法律論を駆使して、罪から逃れさせようとすることは許されない。道徳から切り離された法は死んだも同然の法である。

ミレル検察官はこころの中で繰り返し叫んだ。

「このような、何千万もの人間が命を落とした、人類史上はじまって以来の大虐殺が許されるはずがない。神の臨在する法廷では、すべての者が平等に、絶対不滅の法に基づいて厳しく裁かれなければならない」

ミレルは、一瞬にして何十万人もの人間を殺傷する能力を持った原爆を広島や長崎へ投下した連合国軍の行為を神が許すはずがないと思っていた。このような行為を許せば、人類はいつの日か絶滅の危機に瀕することになる。この法廷が連合国軍の犯罪を裁く場ではないとしても、いつか必ず連合国軍を裁きの場に引きずり出し、彼らが犯した犯罪を厳しく裁かなければならないときが来ると確信していた。

ハメル・トプラ弁護士もこの裁判に違和感を抱いたひとりだった。彼はこれまで欧米列強が行ってきた、武力を持って他国を侵略、占領し、搾取したうえ、いまもまだ自国の独立を求めて解放運動を展開する人々を弾圧し、なおも支配し続けようとしている国が、臆面もなく、一方的に日本の侵略行為を非難し、裁こうとしていることが許せなかった。なぜ欧米列強だけにそのようなことが許されるのだ。彼らの文明が植民地の国々の文明よりも優れているから許されるとでも言いたいのか。そんなことはない。植民地化された国々にも長い歴史と独自の文明がある。

煌煌と輝く強烈なライトの下で記録用のフィルムが回り続けていた。彼らは、そのフィルムに何を写し取ろうとしているのだろうか。もしかしたら自分たちが行った犯罪を隠すためにこのような無益な行為を繰り広げているのではないだろうか。

彼らは自分たちが行った無差別爆撃や原爆投下は、世界の平和と正義の実現のためにやむを得ず取った行為であり、それらの行為は正義の名において許されるものであると主張するために、極東国際軍事裁判という、これまで一度も開かれたことがない、それこそハリウッド映画の中でしか実現しないような、壮大なドラマを作り上げようとしているのかもしれない。彼らの策略に乗せられて騙されてはいけない。彼らもまた法の下で自分たちの行った罪状を問われる立場にあることを忘れてはいけないのだ。

トプラ弁護士は連合国に対して、日本の犯した罪を問う前に、自分たちの犯した罪を問えと言いたかった。日本軍の行った捕虜や市民に対する戦争犯罪は人道的に見て決して許されるものではない。しかしそれを問う資格のない者が下した判決を受け入れることはできない。その点だけを捉えれば、日本人の被告人たちは全員無罪ということになる。

　トプラはこの裁判で自分が主張したいことが十分に反映されるとは思っていなかった。何かを主張すれば、即座に却下され、場合によってはこの法廷からつまみ出され、最悪の場合は何かの罪を着せられて、牢獄に繋がれる身になるかもしれない。彼らならそういうことをするのに一切躊躇しないだろう。これまでもやってきたし、いまもまたこの法廷でやろうとしているではないか。しかしそれを恐れて沈黙することは許されない。自分にいまできることはこの裁判をありのままに記述して、のちの世の人の審判を求めることだ。そこには彼らが宣伝用に撮影した映像とはまったく別の風景が記録されているはずだ。


　トプラ弁護士は眉間に深いしわを寄せつぶやいた。

「人間は何と愚かな存在だ。自らの犯した罪を悔いることもなく、なぜそんなに平然として正義の言葉を口にすることができるのだ」

　彼は法廷で繰り広げられる光景を見ながら、虚しさと悔しさに涙がこぼれ出てきた。しかし泣いている場合ではないと心を奮い立たせた。いまも祖国の独立のために闘っている植民地の人々がいる。彼らのためにも、自分はできる限りの努力を尽くさなければいけない。

　このようにして、それぞれの人がそれぞれの思いで裁判に関わっていった。弁護団から提出された証拠資料の多くは不採用となり、検察側から提出された証拠資料は、本来なら認められないような、伝聞に基づく証言であってもことごとく証拠として採用された。

　それに弁護団の人数は検察側の人数に比べてあまりにも少なく、そのうえ弁護団には検察側のような強力な捜査権限がないため、証拠集めひとつをとっても大変な労力を要した。また連合国の法廷での戦略は弁護団の想像をはるかに超えて見事なものだった。日本の国民がこれまで知らなかった新事実が次々と法廷で暴露され、日本軍のあまりの残虐非道さに、人々はあきれ、軍人に対して憎悪の感情を募らせていった。

その十

法廷では検察側の立証がはじまり、いよいよ本格的な論戦が開始された。最初に検察側の証人として証言台に立ったのは、戦前に日本の大学の教壇に立った経験のある連合国軍の将校だったが、それ以後は、日本人が提供する証拠に基づき裁くべきだという検察側の方針もあり、日本人の証人が次々と法廷に出廷し、日本の学校制度や教育現場の実態について証言した。検察側は本郷義美元首相をはじめとする軍人たちを中心とした当時の政府が、いかに厳しく言論を統制したか、政府の方針に反対する者をいかに過酷に弾圧したか、教育の現場に軍国主義の精神を持ち込み、いかにして国民に滅私奉公の精神を植え付けたか、またいかにして国民を戦場へ駆り立てていったかを事細かく立証していた。そしてそれが終わると、個々の事件の立証に移った。

この裁判での最も重要な証人のひとりが中谷信夫元陸軍少将だった。そこで法廷での証言の内容を打ち合わせるためにジョン・コニン首席検察官は中谷と頻繁に会っていた。打ち合わせの場所は検察局の事務所が入っている建物の中だったが、細部にわたる入念な打ち合わせが終わると、どちらから先に話を持ち出すというのでもなく、ごく自然な成り行きで酒や女の話になり、ふたりは連れだって、よく中谷の愛人の川崎加代の店で酒を飲んでいた。ここなら連合国軍の幹部の連中と顔を会わせる心配もなく、互いに本音をさらけ出し、明け透けにものが言える利点があった。

その日もいつものように、中谷はジョン・コニン首席検察官と向かい合わせの席に座っていた。テーブルの上にはウィスキーのグラスや簡単な酒のつまみが並べられ、そこには仲のいい親友同士が語り合っているような寛いだ雰囲気が漂っていた。しかしそれはあくまでもうわべだけの話で、その裏では互いにいかにして自分が優位な立場に立って、これから先、相手をどうリードしていくことができるかを探り合っていた。特に中谷は、ひとつ間違えば自分が危険な立場に立たされることを知っていたからこそ細心の注意を払って相手の出方を探っていた。中谷の手にあるカードは限られていた。それだけにそのカードの切りどころを間違えば大変なことになるのを彼は十分に承知していた。

コニンは眼のまわりを赤くして、上機嫌で言った。

「いよいよあなたの出番だね。これからのあなたの働きようによっては、現在戦犯容疑で拘束されている者やこれから逮捕される恐れのある者たちを救うことができるかもしれない」

中谷はコニンに言われなくても自分の役割を承知していた。もともとそれを思いついたのは中谷だ。彼は自分の本心をコニンに知られても困らない範囲で小出しにして打ち明け、コニンの信頼を獲得し、いまではこのようにふたりで酒を酌み交せる仲になっていた。いまのところ順調に事は進んでいた。しかし主導権はあくまでもコニンの手の中にある。ここでコニンのご機嫌を損じたら、これまでの努力は水泡に帰することになる。

中谷はコニンの顔色を窺いながら慎重に言葉を選んで言った。

「わかっています。裁判所に引きずり出された連中はどうあがいてみても処罰から逃れることはできません。それならいっそのこと彼らに他人の罪をすべて押し付け、他の者はさっさとこの馬鹿げた戦場から逃げ出すのが得策だと思います」

コニンはそのとおりだというふうに大きくうなずいた。しかし中谷の言っていることをそのまま素直に鵜呑みにしていたわけではなかった。中谷が自分を利用しようとしていることも、またチャンスがあれば自分に恥をかかせてやろうと企んでいることもわかっていた。犯罪者は往々にしてそういう小狡いことを考えたがる連中だ。騙された振りをすれば、彼らは図に乗って、馬鹿な真似をしでかすかもしれない。そういう意味でコニンは中谷を甘く見ていた節がないでもない。しかし中谷は特務機関に長年勤務していたプロの諜報員だ。そう簡単に自分の本心を人にさらけ出すはずがない。

コニンは酔った振りを装って、中谷が最も嫌がる点をズバリとついた。

「あなたの証言が結果的にあなたの昔の仲間たちを裏切ることになっても、それでもあなたは平気か」

中谷は動揺する様子を少しも見せず、平然として答えた。

「あなたから法廷で証言を求められたら、わたしは自分が見聞きしたことを話すだけです」

そしてコニンの顔をのぞき込み、おどけた笑みを浮かべて付け加えた。

「わたしは若いころは自分の記憶力に自信を持っていましたが、いまはもういい年ですので、悲しいことですが、物忘れや思い違いをすることが多くなってきました。わたしの話の中に物忘れや思い違いが多少は含まれていたとしてもそれは仕方がないことです。真実とはある意味では悲しいことですが、物忘れや思い違いの積み重なりです」

中谷は世事に長けた人間だ。いつ何時自分の都合に合わせて証言を覆すかもしれない。もしそのようなことが起これば、裁判に負けることはないにしても、大恥をかかされることになる。コニンは内心の不安を隠し、中谷の苦しむ姿を見たさに、さらに中谷の嫌がることを尋ねた。

「昔の仲間から裏切り者、卑怯者、人間の仮面をかぶった悪魔だと罵られても、あなたはそれに耐えられるか」

「検察側の証人として法廷に立つ以上、わたしがいくら本当のことを言っても、そう言われることは覚悟しています。わたしは真実を明らかにするために必要なら、被告人側の証人になってもいいとさえ考えています」

何を突然馬鹿なことを言いだすのかと思ってコニンは中谷を睨みつけた。

「わたしがそれを許すとでも思うのか」

中谷は意味ありげにニヤリと笑った。

「わたしの証言の法廷での信ぴょう性を高めるためなら、あなたは喜んでそれを許してくれると思います」

中谷はそう言い終わると、あなたもわたしと同類だというようにずる賢そうな眼をコニンに向けた。コニンは急に喉の渇きを感じ、ウィスキーを一口飲んでから言った。

「あなたは楽しい人だ。顔色ひとつ変えず、スパッとカードを切ってくる。ところであなたはこんなゲームをしていて、身の危険を感じないのか」

中谷はこのチャンスを見逃さなかった。

「真夜中どころか真っ昼間に街を歩いていても、いつどこから刺客が現れるかと思うと安心して街を歩いていられません。いまからでも遅くはありません。あなた方検察官が宿舎にしている建物の中にわたしを匿ってくれませんか」

中谷が暗殺を恐れるような男ならノコノコと敵国の検察官の前に姿を現すはずがない。これには何か企みがある。しかし我々の懐に飛び込んできたいのならそれもよし。こちらのほうから反撃するだけだ。

コニン首席検察官はあっさりと中谷の要求を受け入れた。

「明日にでも手配を済ませておく。荷物をまとめておいてくれ」

「加代も一緒でいいですか」

「もちろんだ」

中谷は奥に向かって声を張り上げた。

「素敵な住まいが手に入ったぞ。荷物をまとめておいてくれ」

奥から加代が顔を出し、軽くコニンに会釈して言った。

「厚かましいお願いですが、娘の美子も一緒に連れていってもいいでしょうか」

コニンは了解というふうに軽くうなずき、卑猥な笑みを浮かべて言った。

「わたしの要件のほうもよろしく頼むよ」

「わかっていますよ。ちゃんと可愛い女の子を用意しています」

中谷たちが酒を飲み交わす仲になってからは女の話も遠慮なくするようになり、そこは加代も心得たもので、早速コニンの好みを聞き出し、店へ来る日は必ず女の子を手配していた。

コニン首席検察官は、楽しみはもう少しあとに残しておくことにして、中谷との会話を楽しむことにした。

「ところであなたの本当の狙いはどこにあるのだ」

中谷は口先だけでこの場を誤魔化すよりも、大きな話を吹っかけたほうが無難にこの場を切り抜けられると思った。

「日本にもう一度昔のような栄光を取り戻したいのです」

敵国の人間に向かってよくも平然とそんなことが言えるものだ。コニンはムカッとなって言い返した。

「あなたの望むような日本の復活をわたしたちが許すとでも思っているのか。わたしたちはもう一度人民の眼をとおして日本の歴史を見つめ直し、人民を主体とした近代国家にこの国を作り変えようとしているのだ」

中谷はひるんで一歩引き下がるよりも、臆面もなく持論を展開するほうが有利だと考え、語気を強めて言った。

「戦争に負けたからといって、日本固有の文化が消えたわけではありません。必ずいつの日か息を吹き返し、以前にも増して華やかな文化がこの国に花咲くことでしょう。わたしたちは、日本固有の文化の火を消さないために、生き残れるものはすべて生き残らせたいのです」

自分がいまどういう立場に立たされているのかを中谷にもう一度思い出させてやらなければいけない。コニンは酒の席での会話を楽しむ振りをして冗談めかして言った。

「ノアの方舟ということか。あなたは悪い酒に酔っているようだ。わたしはあなたが戦時中に行った犯罪行為をすべて把握している。嘘だと思うならひとつ試してみてはどうだ」

「いや、そんな必要はありません。それどころか、もしそれがこの裁判で重要な証拠になるのなら、わたしはこれまであなたに話してきたことを、もう一度、法廷で証言します」

コニンは感心した振りを装い言った。

「あなたは恐ろしい人だね」

「いや、あなたほどではありません。あなたが犯罪者を追い詰める強引な手法から見たら、わたしなど可愛いものですよ」

コニンは酒に酔った振りをして、また中谷が最も嫌がる質問を繰り返した。

「あなたは自分の出身母体である陸軍の軍人の憎悪を買うことを恐れないのか」

何をクドクドと愚にもつかない質問をいつまでも執拗に繰り返すのかと思い、中谷は腸《はらわた》が煮えくり返ったが、コニンの挑発に乗っては負けだと思い、用心深く切り返した。
「わたしは開戦時に陸軍省にいました。わたしがそのとき配属されたポストは残念ながら直接戦争に関わる部署ではなく、軍の内部統制を主たる任務とする部署でした。しかしこここが大切なところです。わたしは任務として陸軍や政府の内部にいた主要な人物たちの動きを監視していました。これでおわかりだと思いますが、わたしは十分にあなたのお役に立てると思っています」

このようにしてふたりの会話は行ったり来たりしながらゆっくりと核心部分に迫っていった。そして彼らは悪意に満ちた感情を抱きながら、この危険なゲームを楽しんでいた。彼らにどこか似た点があるとすれば、それは冷酷で、打算的で、目的のためなら何をしても構わないというところだった。そこに道徳的な問題が介在する余地はなかった。

中谷は開戦後間もなく陸軍内部の権力闘争に敗れ、現役から外され、不遇な待遇を受けていた。そんなこともあって、当時の軍の上層部に対して彼は憎しみの感情を抱いていた。しかしそれだけの理由でいまの彼の行動を説明することはできない。中谷は敗戦を契機にして何か妄信めいたものに取り憑かれ、狂ってしまったのかもしれない。このような得体の知れない、憎悪のかたまりのような男を相手にして、果たしていつまでこの男を自分のコントロールの下に置いておくことができるのだろうか。もしかしたらこの男はもうすでに自分の手から離れ、逆に自分を支配し、コントロールしているのかもしれない。そう思うと、コニンは底知れない恐怖に襲われ身震いした。この男は人が噂をしているように、本当に人間の仮面をかぶった悪魔なのかもしれない。

コニンは改めて中谷元陸軍少将を見た。中谷は童顔の、眼がくりくりとした、笑えば、憎めないところのある不思議な魅力を持った男だ。彼のその不思議な魅力に引き寄せられ、思いがけない方向へ引きずられていった人間が何人もいた。その中には上海で起こった事件のように偽の情報や金や女に惑わされ、暗殺者として仕立て上げられた者もいた。しかしコニンは思った。いざとなれば中谷を処刑台へ引きずり出せば済むことだ。

中谷信夫は日本に比べてはるかに歴史の浅いアメリカの文明を軽蔑していた。日本は神代の時代からひとつの民族によって独自の文明を築き上げてきた国だ。そのような国が、移民たちが寄り集まって作った国に負けるはずがない。これは一時的な歴史の戯れだ。力を蓄え、もう一度戦いを挑めば必ず勝つ。中谷はそう確信していた。

ふたりはそれからもしばらくの間、毒のあるジョークで相手を挑発し合いながら楽しそうに酒を飲み、ときどき大声を出して笑った。加代も彼らの話に加わり、エロ談義に花を添えた。店を出て、女の元へ向かうころにはコニンはすっかり酒に酔っていた。しかし酒で濁った眼は、相変わらず鋭く中谷を見つめていた。

コニンが姿を消すと、奥の部屋から木内正司が現れた。

「あのゲス野郎。適当に女でもあてがってやれば、こちらの思いどおりに事が運べそうですね」

「コニンを甘く見たらひどい目に遭うぞ。奴は我々を適当に泳がせておいて、隙を見て一網打尽にやっつけてやろうと企んでいる。コニンは犯罪捜査に関しては百戦錬磨の戦士だということを忘れないことだ」

木内は姿勢を正した。

「少将殿、申し訳ありません」

中谷は笑顔を浮かべた。

「きみは相変わらず律儀だね。もう昔の階級でわたしを呼ばなくてもいいよ」

盆にグラスと酒のつまみを載せて加代がカウンターの奥から現れた。そして中谷の横の席に腰を下ろし、みんなのグラスにウィスキーを注ぎながら大きく溜息をついた。

「あんなゲスなヤンキー野郎が大きな顔をして銀座の街をうろつき回っていると思うと腹が立つわ。昔ならあんな男を相手にする女なんか銀座の街にはひとりもいなかったわよ。それなのにいまは、おねだりすれば何でも買ってもらえると言って喜んで相手になっているわ。情けない世の中になったものね。そういえば、最近、美子が女性の人権だとか何だとか小難しいことを言いだして、大変なの。もう親のわたしの手には負えないわ。木内さん、何とかしてくれない。用心しないと美子の尻の下に敷かれることになるわよ」

中谷が加代の話に加わってきた。

「西洋かぶれか。困ったものだ。少しはオヤジの役に立ってもらえると思って、コニンに頼んで、連合国軍の中にもぐり込ませたのだが失敗だったようだ」

加代がふくれっ面をして中谷を睨みつけた。

「そう怒るなよ。木内君さえしっかりしていてくれればこんなことにならなかったのに。それにしても困ったものだ。敗戦で天地がひっくり返ったとでも思っているのか、このごろの若い連中は自由だ、平等だ、人権だと言って盛んに騒いでいる。このままでいくと日本はひどい目に遭うことになるぞ。……ところで話は変わるが、工作のほうは順調に進んでいるのかね」

木内はなぜ美子のことで自分が責められなければならないのかよくわからなかったが、自分と美子とのことを酒の肴にして楽しんでいるのだろうくらいに思い、黙ってふたりの話を聞いていた。そして話の矛先が別な方向へ向けられホッとした。

「第一復員省に勤務している堀部太一郎大佐殿が、いや言い間違えました、堀部さんがいま政府内部の役人や元軍人たちの説得工作をしています。元軍人たちは、なぜ敗戦の責任をとって潔く腹を切らなかったのだと周囲から白い眼で見られ、肩身の狭い思いをしています。そんな彼らが、肩で風を切って大通りを闊歩していた時代のことを懐かしく思い出さないはずがありません。いつか必ず世間を見返してやる。彼らはみんなそう思っています。そこへ付け込むというわけではありませんが、大佐殿はそういった不平不満を持つ元軍人たちを自分たちの味方につけようと、公職追放され生活に困窮している連中がいれば、精神面だけではなく資金面でも援助しています。そして組織が立ちあがったときの新たな役職をチラつかせ、仲間に加わるよう働きかけています。賛同者は間違いなく増えていますよ。元陸軍少将の小川さんや陸軍参謀本部参謀だった小塚さんもメンバーに加わってくれました。そのうち驚くような名前がメンバー表にずらりと並ぶことでしょう」

中谷は木内の話を聞いていて、元軍人は別として、いまの政府の中枢にいる連中の多くは戦時中の陸軍の横暴なやり方を直接眼で見てきただけに、彼らが陸軍出身の堀部の計画に素直に協力してくれるとは思えず、不安になった。

中谷は酔いがすっかり覚め、いまは戦略家としての本能をむき出しにして、厳しい口調で木内に問いただした。

「我々の動きを外部の連中に知られてはいないだろうね」

木内は自信たっぷりに答えた。

「大丈夫です。それどころか公然と活動を開始しようと思っているくらいです。連合国軍参謀部部長のロイド・ジュリアス少将殿がソ連との戦いに備えて我々の計画に協力してくれています。反共主義者のジュリアス少将殿を利用しない手はありません。再軍備さえ実現できれば、それからあとのことは何とでもできます」

中谷は木内に鋭い眼を向けたまま言った。

「すでに非武装化の方向で大日本帝国憲法の改正の手続きが政府内で進められているが、まだ間に合うのか」

木内が口許を強張らせた。

「わたしたちに残された時間はわずかしかありません。アメリカ軍の中には、ジュリアス少将殿のようにこれからのソ連との戦いに備えて、日本の再軍備を企てている連中がいます。彼らが日本の再軍備を拒否する連中に駆逐される前に行動を起こすべきです。場合によっては邪魔になる連中を殺してでも我々の計画を実行しなければなりません。すでに暗殺対象者の名前もリストアップしています。右翼の連中も動きはじめています」

「面白いことになりそうだな」

「そうです。共産主義者が騒動を起こしたように見せかけて暴れ回れば、不安になった国民は、国内の治安維持のためには強力な警察権力が必要だと言って騒ぎ立てるでしょう。そうなれば特高の復活も夢ではありません。そしてその動きに便乗して、共産主義者から国を守るためにはもっと強力な、武力を持った組織を作る必要があると言って、再軍備化を強引に推し進めるのです。反共主義の連中は必ず我々の思う方向へ動きだすでしょう。右翼の巨頭、麻野富雄さんも全国の同志に声をかけています」

木内の表情からは、いまにでもどこかの街角から火の手が上がり、瞬く間にその火が全国各地へ飛び火していく情景を思い描いている様子がありありと見て取れた。中谷はそんな木内を見て、一部の青年将校たちが起こしたクーデター事件のことを思い出した。あのとき中谷は彼らの憂国の思いに共鳴し、熱い血をたぎらせ、今度は自分が中心になって必ずクーデターを成功させてみせるぞと意気込んだ。

中谷は自戒の念を込めてつぶやいた。

「戦略家の堀部君が陣頭指揮を執ってくれているのだから心配はないとは思うが、今度は失敗は許されない。くれぐれも用心して行動してくれ。わたしのほうも絞首台に吊るされないように慎重に計画を進めていくつもりだ」

その十一

ようやく梅雨が明け、晴れの日が続くようになった七月の中旬、中谷は木内と一緒に加代の店で、堀部元大佐と右翼の大物の麻野富雄に会った。店はこの集会のために閉めていて、彼ら以外は誰も店の中にはいなかった。みんなが集まると、挨拶もそこそこにいきなり話の口火を切ったのは堀部だった。

「四月に実施された戦後初の総選挙で、婦人の参政権がはじめて認められ、多数の女性代議士が誕生し、馬鹿げた平和主義が日本国中に漂っています。そして新たに選ばれたメンバーによって開会された国会に大日本帝国憲法改正案が提出され、いよいよ本格的に憲法の改正手続きがはじまろうとしています。このまま何もせず黙っていたら日本の伝統は崩壊し、日本の国から忠孝の精神が失われ、どこの国だかわからない、得体の知れない国に生まれ変わってしまいます」

ドスのきいたしわがれ声が店中に響き渡った。声の主は麻野富雄だった。

「そのとおりだ。連合国軍に媚を売り、ご機嫌取りをして、この神聖にして侵すべからざる日本を外国へ売り渡そうとしている輩がいる。そんな卑劣な真似を許してはいけない。一人一殺、国家のためなら命を落としても悔いのない憂国の士は全国至るところにいる。わたしがひと声かければ、一斉に立ちあがってくれる」

堀部が熱を帯びた声で言った。

「そのときが来ればよろしくお願いします。しかしいまはまだそのときではありません。総選挙後に幣原に代わって首相になった富沢靖はなかなかの曲者です。外相時代にうまく連合国軍に取り入り、トマス・マックス連合国軍最高司令官の信頼を得ています。しかし彼が本当のところ何を考えているのかよくわかりません」

中谷が口を挟んだ。

「富沢のことは昔からよく知っている。外交官上がりの目先のよく効く男だ。先を読んで素早く手を打ち、危なくなるとさっと身を引く。しかし勝負どころは心得ている。いざとなれば切り札を惜しみなく切り続ける腹の座った男だ。一時国家侮辱罪で逮捕されたが、富沢は敗戦の日が来ることを見越して、自分のアリバイ作りに憲兵隊を利用したという噂もある」

木内が早口でまくし立てるようにして言った。

「ではどうすればいいのです。このまま何もせず放っておいたら、アッという間に憲法が改正され、連合国に追従する、卑劣な輩にこの国が乗っ取られてしまいます」

堀部は木内のはやる気持ちを落ち着かせようとして言った。

「木内君、きみの気持ちはわかりすぎるぐらいよくわかる。わたしたちもそのようなことにならないよう全力で努力しているところだ」

木内がムキになって噛みついた。

「机上だけの作戦では何事も前へは進みません。戦場へ出て、直接陣頭指揮を執らなければ先の見通しはつかないでしょう。立ちあがれば、必ず我々のあとについてきてくれる者が現れるはずです」

堀部は木内の話を軽く受け流し、諭すように言った。

「若い者は血の気が多すぎて困る。しかしそこが魅力だと言えばそのとおりだ。そのはやる気持ちを忘れないでいてほしい。でも木内君、ただひとつしかない命を無駄に扱ってはいけない。そのときが来るまで大切に取っておくことだ」

木内は顔を真っ赤にして言い返した。

「そんなことを言っていたら、いつ命の捨て場が訪れるかわかりません。いまがそのときだと思ったら、そのときが命の捨て場なのです」

麻野の凄みのきいた声が跳ね返ってきた。

「木内君の言うとおりだ。命の捨て場はそうあるものではない。木内君と同じような考えを持つ若者をわたしはたくさん知っている。彼らは国の宝だ」

堀部が言った。

「使いどころを間違えば、危険な存在になりますよ」

麻野が鋭い眼で堀部を睨みつけた。

「そんなことはお前に言われなくてもわかっている。だが富沢首相を暗殺するというのならそれは別の話だ。きみたちがやらないのなら俺がやる」

堀部が首を激しく横に振った。

「そう先を急がないでください。失敗すれば大変なことになります。それこそそれを口実にして、さらなる弾圧が我々の上に襲いかかってくるでしょう。ひとつ間違えれば、連合国軍の手で闇から闇へ葬り去られることになるかもしれません」

麻野は、中国で産出される鉱山資源の取引をとおして陸海軍の将校や政府の高官たちの知遇を得て、彼らの力を背景にして巨万の富を蓄えた。またその一方では、商売をとおして大陸各地に張り巡らせた情報網を利用し、麻野機関といわれる組織を立ちあげるなど、軍の諜報機関の一員として暗躍し、それを足場にして右翼界の黒幕へとのし上がっていった。麻野は戦後すぐに戦犯として巣鴨プリズンに投獄されたが、軍や政府の上層部に顔のきく麻野をこのまま牢獄に閉じ込めておくのが惜しくなり、連合国軍は麻野を逆スパイに仕立て上げ、日本の内情を探らせようとした。しかし実際に使ってみると、麻野はスパイとしてはまったくの役立たずで、本当に日本軍のスパイとして中国大陸で暗躍していたのか疑わしかった。連合国軍の連中に言わせれば、麻野富雄はまったく信用のできない職業的な嘘つきで、金儲け以外には何の関心も持たない、根っからの泥棒野郎だということだった。

しかし本当に連合国軍の連中が言うように、麻野は金と欲だけで軍や政府の周辺をうろつき回っていたのだろうか。彼は若いころから超国家主義者として名を知られ、いろいろな局面で直情的な行動に出て、特高から眼をつけられ、たびたび投獄されていた。しかし彼はどんな状況に置かれても終始一貫して民族の自決と植民地からの解放を声高に叫び、日本国内だけではなくアジア各地にまで出かけていって、欧米列強に対抗できる大アジア連合の実現を目指して駆けずり回っていた。その証拠に、彼は本国を追われて亡命してきたアジア各地の革命家たちを自分の住まいや知り合いの家に匿い、彼らに多大な経済的支援を行っていた。そのような彼をうわべだけを捉えて盗人呼ばわりするのは本当に正しいのだろうか。

確かに麻野は小狡く、抜け目のない男だ。しかしそれでいていざとなれば国事のために命を投げ出してでも信念を貫くところのある、熱いこころを持った恐ろしい男でもあった。彼はそのときどきに実業家や国士に姿を変え、人を煙に巻き、人を魅了した。麻野のまわりには彼の暴力的な血の匂いを嗅ぎつけ、多くの人が集まってきた。その連中の多くは定職を持たない無頼の徒で、そのまま放っておいたら何をしでかすかわからない無法者たちだった。そういう意味で、麻野は身内に命知らずの鉄砲玉を多く抱えていたということになる。

このような男を仲間に引き入れるのは危険が多すぎる。ひとつ間違えば逆に自分が殺される危険性さえある。しかし使いようによっては、これほど役に立つ男もいないだろう。諸刃の剣だとはわかっていても、このような非常事態には彼の力が役に立つと中谷は思った。

堀部たちが集めたメンバーの中には、声をかけられて仕方なくその場逃れに適当に返事をしたと思われる連中もいた。中谷たちはいざというときに間違いなく動いてくれるメンバーの絞り込みに取りかかった。

堀部が言った。

「小川元少将殿は即時開戦を主張する陸軍参謀本部の方針に反対し、現役から外され、予備役に編入させられたという経緯があり、本郷たちの憲兵隊を使った強引なやり方に反感を抱いていた軍人たちには絶大な信望があります。その点を考慮に入れれば、彼はこれから立ちあげようとしている組織のトップに就くに最も相応しい人物です。彼の名前をあげて人を集めれば、もっと多くの仲間が集まってきてくれるはずです」

木内が言った。

「小川元少将殿は部下思いの温厚な人柄で、それでいて国家に対する熱い思いは誰にも負けない、一途な人物だと誰もが認めています。少将殿が立ちあがれば鬼に金棒です」

中谷が言った。

「軍隊が消滅し、国民は徴兵される心配がなくなった。もう二度とあのような恐ろしい戦場へは行きたくない。これがいまの国民の素直な気持ちだ。このような厭戦気分の漂う世情の中で、国の独立を維持するためには軍隊が必要だということを知ってもらうためには、これからはじまる偽りに満ちた裁判で連合国の正体を暴き出し、彼らの野望を国民に示さなければならない」

麻野が即座に賛意を示した。

「いまは連合国軍の宣伝文句に踊らされ、自虐的な歴史観を受け入れているが、連合国軍の化けの皮が剥がれれば、真にこの国を愛する国民なら必ず眼を覚まし、立ちあがってくれるはずだ。この国を辱める輩を黙って許しておくはずがない」

木内は熱に浮かされたように叫んだ。

「そのとき我々は国民とともに立ちあがるのです。軍隊を持たない国家など誰も相手にしてはくれません。最強の軍事力を備えているからこそ、世界の国々は、アメリカが唱える民主主義の思想を信じたような顔をして、アメリカに言われるままに追従しているのです。しかし世界の人々はそれが偽りであることを知っています。アメリカの国内で何が起こっていると思います。白人至上主義の極端な人種差別です。白人以外は犬・猫以下の扱いです。彼らの正体を暴いてやりましょう。そして日本国民を目覚めさせるのです」

彼らは組織図を作り上げ、それぞれの部署に人物を配置し、どの組み合わせが最も有効に機能するかを検討した。楽しい作業だったが、こころの中では本当にこのような組織が実現できるのか疑っていた。彼らはその不安を払拭するために、一層作業に熱中し、戦時中に陸軍参謀本部が机上で作り上げた戦略図と同じ、現実味のない夢物語としての組織図を作り上げていった。

その十二

中谷は法廷にいる全員の視線が一斉に自分に向けられても、悪びれたところを一切見せず証言台へと歩を進め、証言台へ着くと深々と一礼し、裁判官の一人ひとりの顔をのぞき込んだ。彼はどのような顔をした人物がこれからはじまる茶番劇の一方の当事者として、どのような道化の役を演じてみせるのか興味津々だった。裁判官席に居並ぶ顔は茶番劇の舞台に相応しく、威厳に満ちた面構えをしていた。中谷はそれを確認すると納得したように大きくうなずき、ゆっくりと席に腰を下ろした。そして彼は一定のルールに従い、名前と職業を告げ、真実を述べることを誓った。

コニン首席検察官の質問が打ち合わせどおりにはじまった。

「中谷さん、柳条湖《りゅうじょうこ》事件について知っていることを包み隠さず話してください」

中谷はすでに覚悟はできていたが、いざそのときが来るとさすがにこころがざわめいた。彼は自分のこころの動揺を人に知られるのを恐れ、できるだけゆっくりとした口調でしゃべりだした。

「あの事件は当時関東軍参謀の大佐だった加納弘二被告が、満州での兵力行使の口実を作るため、部下の山上忠晴中佐らと図らって仕組んだ謀略です。彼らは上官である関東軍司令官の神山大将が北方の視察に出た隙をついて、配下の者に南満州鉄道の線路を爆破させ、この爆破を奉天軍閥の張学良《ちょうがくりょう》軍の正規兵によるものだと偽って、神山軍司令官の承認印のない偽の司令官命令を発令し、彼らを砲撃したのです。この事件がきっかけとなって、満州事変へと戦火が拡大していきました」

コニン首席検察官はこの法廷の舞台を劇的なものにするため、中谷にその人物がどこにいるか指差すよう命じた。

「柳条湖事件を起こした張本人はこの法廷にいますか。いたらその人物を指差してください」

中谷は躊躇なく加納を指差した。自分が主役を演じる番が来るまでは、辛抱強くコニンが描くシナリオに従って役を演じるだけだ。

「被告人席の二段目、右から三番目にいる人物が彼です」

コニンはゆっくりと法廷内を見回し、さらに劇的効果を生み出すために念を押した。

「よく見てください。彼に間違いありませんか」

中谷は先ほどよりも力強く加納を指差した。

「わたしは元陸軍大臣の加納陸軍大将をよく存じ上げております。間違えようがありませ
ん」

中谷に指差された加納は憮然とした表情で中谷を睨みつけた。軍人としてあるまじき恥ずべき行為が平然と、それも世界中の人々が見ている前で、敵国の検察官の指示に従って演じられている。加納はその、中谷の浅ましい姿を見て、憎悪と怒りで全身が震えた。被告人席に座っているすべての被告人たちも中谷の様子を見ようと一斉に顔を上げた。そのどの顔にも驚愕の色が浮かんでいた。

「ところであなたはどのようにして事件の真相を知ったのですか」

「わたしは柳条湖事件が起こったときは朝鮮にいて、その事件の現場にいたわけではありませんが、実行犯のひとりからあの事件のことを詳しく聞きました」

「それは誰ですか」

「その当時奉天独立守備隊の中尉だった村田俊三です」

「それはいつのことですか」

「あの事件があってから二年後の昭和八年五月のはじめ、わたしが上海公使館付武官として上海に赴任していたときのことです。村田中尉は出張で近くまで来たと言って、わたしの宿舎に訪ねてきてくれました」

「あなたたちは昵懇《じっこん》の間柄のようですが、それにしてもこんな重大な秘密をそう簡単に人に話すものですか」

「わたしたちがかつて同じ部隊に勤務していたことと、またわたしがその当時、関東軍の一連の行動に理解を示していたこともあり、彼はわたしを仲間だと思い気を許し、手柄話のひとつとしてその話をしてくれたのでしょう」

「いまの話を裏付ける証拠がありますか」

「残念ですが、その話をしてくれた村田は南方の島で敗戦の責任をとって腹を切りました」

「柳条湖事件について村田中尉以外に事件の真相を知っている人物がいますか」

「事件の当事者である加納たちを除いてその事件の真相を知っている者は他にはいないと思います。しかし彼らは決して事件の真相を話さないでしょう。わたしは戦後いろいろな方面からこの話を検討し、この話は本物だと確信しています」

弁護士の北島が血相を変えて立ちあがり、異議を申し立てた。

「中谷証人の陳述は伝聞に基づくもので、それを語った人物がすでに亡くなっている以上、証拠として採用することはできません。裁判長、いまの証言を裁判記録から削除してください」

ジェームズ・バーガー裁判長の甲高い声が法廷に響き渡った。

「北島弁護士の異議申し立てを却下します」

「理由を述べてください」

「その必要はないと思います」

裁判長はこれまでも繰り返し弁護団からの異議申し立てを理由も告げず却下し、これ以上裁判長の指示に従わなければ法廷からつまみ出してやるぞとでも言わんばかりの剣幕で強引に裁判を推し進めていた。

中谷はバーガー裁判長の頑なで意固地な性格に眼をつけ、それを利用しようとした。しかし証人の立場で法廷にいる以上、裁判長に直接働きかけるわけにはいかない。そこで自分の証人としての立場を最大限に利用してやろうと考えたのだ。中谷は証言台から被告人たちを罵倒し、弁護士たちに異議申し立てを連発させ、それにカッとなった裁判長が過剰な反応を示し、被告人たちに不利になる方向へ裁判を強引に捻じ曲げていくところを国民に見せれば、国民はこの裁判の真の姿を知り、この裁判の存在そのものの正当性を疑うようになるだろう。中谷はその役割を見事に演じて見せた。バーガー裁判長はますます頑なになり、強引な手法を使ってこの裁判を捻じ曲げていった。

バーガー裁判長は生真面目で、尊大で、威厳を最も重んじる人物だった。そんな彼は自分が裁判長を務める法廷が、被告人や証人、そして検察官や弁護士たちによって勝手に踏み荒らされることを極端に嫌った。法廷の主役はあくまでも自分である。一歩でも自分の領域に踏み込んできたら、いかなる手段を使ってでも容赦なくやっつけてやる。彼はそういう意味で傲慢で、独裁的で、ときには極端なスタンドプレーを好む人物だった。

彼は裁判長の席に座っているときも、宿舎にしているホテルの部屋にいるときも、いつも人々の眼が自分に向けられていることを意識した。厳粛な雰囲気の中で裁判を進めていかなければならない。世界中の人々から喝采を博するような見事な判決を下さなければならない。彼はそのようなプレッシャーの中で、ますます孤独になり、他の裁判官たちの意見を受け入れるこころのゆとりを失っていった。そのようなバーガー裁判長の独裁的で孤独な性格が反映して、法廷にはいつもとげとげしい険悪な雰囲気が漂っていた。

中谷は証言台に立ち、検察側の証人として被告人たちを口汚く罵り、また被告人側の証人として手のひらを返したように被告人たちを誉め称え、狂言回しの役者のように面白おかしく暴れ回った。

連合国軍から報道の内容を厳しく検閲されていた新聞やラジオは、中谷のことをそれほど大きく報じなかったが、法廷を見てきた傍聴人たちの口から中谷の話が広がり、それに尾ひれがついて、巷では、中谷のことを売国奴、精神異常者、怪物、人の面をした獣と噂した。

被告人たちは濡れ衣を着せられ罪人として裁かれるのをただ茫然として、被告人席に座って、黙って聞いていたわけではない。証言台で証言をすることを拒否した被告人たちを除く、他のすべての被告人たちは中谷の証言に激しく反発した。それは中谷が被告人たちを攻撃するその内容が、実は被告人たちが中谷たち軍の過激派に浴びせた非難の内容と同じだったからだ。中谷は自分たちが考えていたことを被告人たちが考えていたことにすり替えて被告人たちを激しく攻撃したのだ。武力の備えを疎かにし、精神主義をカラ念仏のように叫び、無謀な戦争へ国を導いていったと言って中谷は被告人たちを激しく非難した。もっと国力を強化し、欧米列強に負けない生産力を身につけてからでなければ、これからの消耗戦を中心とした戦いには勝てないと言って彼らを激しく非難した。そしてそのようなことをすべて承知のうえで先の見通せない戦争へ突入していったと言って彼らを激しく非難した。もっと外交交渉に精力を注ぎ、時間稼ぎをし、自分たちが優位な立場に立って戦えるまで開戦を引き延ばすべきなのにそれを怠ったと言って、被告人たちに敗戦の全責任を押し付けた。

アメリカは、当然といえば当然のことだが、日本が軍備を整えるのを待ってはくれなかった。誰が好き好んで戦う相手が十分に戦力を整えるまで待ってくれるだろう。アメリカは日本の軍備が整う前に戦争をはじめたかった。そこでアメリカは日本に日米通商航海条約の廃棄を通告し、日本軍が南部仏印に進駐してからは、さらに対抗策を強化し、イギリス、中国、オランダとともに日本への包囲網を強化していった。このまま何もせず、手をこまねいていたら、石油資源などの枯渇により戦艦や戦車が動かせなくなり、戦わずして相手の軍門に下ることになる。そのような屈辱を受ける前にこの包囲網を突破しなければならない。

焦りと苛立ちの感情が複雑に交錯する中で、アメリカとの平和協調路線を主張する者の声は次第に小さくなり、それに代わって強硬論を唱える者の勢力が力を増していった。そして遂に最後通牒にも等しいハル・ノートを突きつけられ、逃げ場を失った日本は戦争へと突き進むことになった。

被告人たちは、選択の余地のない、不本意ながら取らざるを得なかった行動だったが、その結果責任は潔く受けるつもりだった。しかし中谷から、自分たちが考えても、またやってもいない事柄について法廷で名指しで非難されることには耐えられなかった。

だが法廷で騒ぎ立てれば、ただでさえ連合国軍の巧みな宣伝に乗せられ、軍人に対して憎悪の感情を募らせている国民のこころが、さらに被告人たちから遠ざかっていくことは明らかだった。被告人たちは醜い姿だけは国民に見せまいと、自制心を発揮し、検察側からの非難にも、中谷からの誹謗中傷にも耐えた。しかし自分の名が辱められ、家名が汚されることだけは許せなかった。たとえ理不尽な裁きによって犯罪者の汚名を着せられ処刑されたとしても、愛する子供たちにだけは父は何の恥じるところもなく正々堂々と国家のために闘ったのだということを知っておいてほしかった。そしていつの日か、汚名が晴れ、国家のために忠誠を尽くした者として靖国神社に祭られることを願っていた。

そのような心境にあったにもかかわらず、ときにはあまりにも的外れな非難に耐え切れず、激昂し、国家の弁護を忘れて、自分がそのときとった立場を強調することもたびたびあった。裁判は混迷の度を深め、中谷の思惑どおりに茶番劇の度合いを強めていった。

そんな険悪な雰囲気の中で、弁護団は北島弁護団団長を筆頭に孤軍奮闘した。裁判長の強引なやり方には却下されるのは承知のうえで、その都度、異議申し立てをした。そしてこの裁判が国際法的に見てどこにも法的根拠がないことを繰り返し主張し、裁判そのものの無効性を事あるごとに主張した。法廷はそのたびに騒然となり、紛糾し、いつになったら裁判が終わるのか、見通しのつかない状態になった。

そのような状況に業を煮やしたトマス・マックス連合国軍最高司令官はバーガー裁判長を連合国軍総司令部の本部に呼び出し、厳しく詰問した。

「いつまでだらだらと裁判を続けているつもりだ。いくら形式を重視した建前だけの裁判であっても、当然時間的な制約はある。熱の冷めないうちに法の裁きを下すべきだ。熱が冷めたあとで出された判決ではそれこそすべてが色褪せて茶番劇になってしまう。バーガー裁判長、あなたはそれを望まれますか。わたしはそれを望みません。一日でも早くこの裁判に決着をつけるべきだ」

バーガー裁判長は自分の威厳を傷つけられたと思い、毅然とした態度で言い返した。

「この裁判があなたから権限を与えられたものであったとしても、一旦開廷した以上、この法廷は裁判長であるわたしの法廷です。わたしの法廷では世界中の人々の誰もが納得できる正義が実現されなければなりません。わたしは法律の専門家として、誰にも恥じない方法でこの裁判を進めています。わたしには後世の者の眼から見ても恥ずかしくない、公正中立な裁判をする義務があります」

マックス連合国軍最高司令官はこの頑固者めが、とでもいうような憮然とした態度で言った。

「わたしは結論を急げと言っているのではない。わたしもあなたと同じように、十分に審理を尽くし、真実を明らかにし、誰もが納得できる判決を下すべきだと考えているのだ。しかしあまりにも長く裁判をしていると、思いがけない事態が発生する恐れがある。外野席からの雑音が聞こえてくる前に裁判を終わらせるのもあなたの務めだ」

「わかっています。一度コニン首席検察官と話し合ってみます」

しかし世紀の裁判は問われている犯罪の数が膨大だっただけに、連合国軍最高司令官の思うようには事は進まなかった。弁護団は機会があるごとにこの裁判の不当性を主張した。その効果は徐々に現れ、法廷の中からだけではなく、法廷の外からもこの裁判の正当性について疑いの眼を向ける者が現れた。


裁判は中谷が頭に思い描いていたとおりのシナリオで、連合国批判へと向かっていくようにに思えたが、そうはうまくいかなかった。自由、平等、人権の尊重という言葉はあまりにも魅力的で美しい。どこの国にもいまだにそのような理想的な社会が実現していないのに、その言葉を聞かされた日本人はそれらがいまにでも実現するかのように思い込み、愚かな夢を抱くようになった。確かにそれらの言葉は人類の究極の目的であり、理想の姿だ。しかし愚かで、不完全で、罪を背負って生きている人類にとっては、それらは儚い夢物語にしかすぎない。その証拠に、人類を破滅へと導く恐れのあった第二次世界大戦が終わるとすぐにまた、米ソ間で冷戦がはじまり、世界各地へと戦火が広がっていった。

もし本当に戦争のない世界を実現したいのなら、巨大な軍事力を持った国家を出現させ、武力でもって他国を制圧し、他国から武器を取り上げることだ。しかしそうなったとき、果たして世界は平和だと言えるだろうか。一人ひとりの人間に自由意志がある限り、人は他者に支配されることを望まず、自分たちの自由を取り戻すために立ちあがるだろう。これが人間の性だ。自尊のこころは人を高貴なものにすると同時に、人を戦いの渦の中に放り込む。

またどこの国でも国の治安を維持するために法律を作り、国の秩序を乱す者を政治犯として逮捕し投獄する。そこに眼をつけたのが世界制覇を目論む国だ。彼らは自分たちにとって都合が悪い国があると、その国が自国の国内法に基づいて国の治安を乱す者を政治犯として逮捕しても、そこに言いがかりをつけ、「自由と人権の尊重を求めて活動する人々を強権でもって弾圧する独裁国家だ」と言ってその国を非難し、独裁者から人民を解放するという名目で侵略戦争を仕掛けてくる。いかにも自分たちの側に正義があるかのように装って、どこから権限が与えられたのかを曖昧にしたまま、あたかも世界の国々から権限が付与されているかのような顔をして、平然と他国を攻め滅ぼし、気に食わない国の指導者を独裁者として処罰する。その錦の御旗となるのが、自由、平等、人権の尊重だ。人を支配しようとする者は人を騙す。人に騙されている限り、そこに自由はない。

中谷は最後まで、口では日本の主権を取り戻すための戦いだと言っていたが、実際には、この機会を利用して、戦時中に受けた軍内部での不当な扱いに対して復讐をしようとしていたのかもしれない。中谷の執念深い性格は、被告人の中でも特に、彼が手に入れたかった軍務局長に就いた人物を逆恨みし、すべての責任を彼に押し付けようとした。それは誰の眼から見てもあまりに露骨で、そのためにその人物の恨みを買った。その人物が巣鴨で処刑されたあとは夜ごとに彼の姿が中谷の夢枕に現れ、中谷を恐怖のどん底へ陥れた。

バーガー裁判長が叫んだ。

「何度同じことを言ったらわかるのですか。弁護団は揃いも揃って皆さん全員記憶喪失者ですか。検察官は、弁護団の発言を無視して、質問を続けてください」

しかしそれからも執拗に弁護団はこの裁判の無効性を繰り返し主張した。裁判長は、もうこれ以上は我慢ができないとでもいうふうに、顔を真っ赤にして、手を震わせながら叫んだ。

「事実関係を認定し、その認定に基づいて判決を下す立場にある裁判官には、この法廷の設立の根拠となっている憲章を再検討する権限は与えられていません」

弁護団が攻撃の矛先を変え、連合国軍の戦争責任を追及し、彼らに被告人を裁く権限はないと主張すると、聞きたくもないことを聞かされたというふうに全身を強張らせ、吐き捨てるように言った。

「当法廷には世界中で行われている侵略戦争を裁く権限は与えられていません。いつの日か、別の場所で国際軍事裁判が開廷されたときに、それについて審理すればいいでしょう。この法廷はあくまでも日本の戦争犯罪についてその犯罪の有無を審理する場所です」

バーガー裁判長は、日本が無抵抗な捕虜や住民たちに行った残虐な犯罪行為にのみ眼を奪われて、連合国軍が犯した罪には一向に眼を向けようとしなかった。広島、長崎への原爆投下や東京大空襲などを例に挙げ、弁護団が連合軍の犯罪を追及しようとしても、この裁判所にはそのような権限はないと言って突っぱね、相手にしようとしなかった。果たしてこのような頑な態度で公正中立な裁判が行われる保証がどこにあるのだろうか。しかしそのようなことなど一切考慮に入れず、裁判は連合国が描いたシナリオどおりに結審へと向かっていった。

その十三

堀部元大佐が懇意にしている例の店で、中谷は木内や堀部とともに、連合国軍参謀部部長のジュリアス少将と会った。連合国軍や政府内部に、これからのソ連との冷戦に備えて、国内の平和と秩序を維持するのに必要な限度内で、武力を持った組織を作ろうとする動きがあることを察知して、その動きを探るために集まったのだ。

堀部が言った。

「いま政府内では富沢首相を中心にして、外国からの攻撃に備えて国の防衛のみを主な任務とする組織を作ろうとしています。このまま放っておいたら軟弱で、軽微な戦力しか持たない、玩具の兵隊のような組織が出来上がってしまいます。そうなったらもうおしまいです。我々が思い描くような、強力な武力を持った組織を作り上げることはできなくなってしまいます」

木内がヒステリックな声を上げた。

「人から聞いた話では警察力を補完する目的で組織を立ちあげようとしているようですが、そんな得体の知れない曖昧な組織を作るのはやめてもらいたいですね。作るのならはっきり軍隊と銘打って、正々堂々隊列を組んで皇居前の大通りを行進することのできる組織を作るべきです。このような曖昧な、日陰者のような組織ができれば、後世の人は我々のことをどう思うでしょう。連合国軍の武力に怯え、連合国軍の下部組織のような情けない組織を作ったと言って我々を非難するでしょう。そんなみっともない組織を作るぐらいならいっそのこと何も作らないほうがまだマシです」

中谷が木内を咎めるように厳しい口調で言った。

「小さな組織でもないよりはマシだ。一旦種がまかれれば育てるのは簡単だ。ここは我慢して、少しのチャンスでもものにすることだ」

堀部が話に割って入った。

「確かにあなたの言われるように、新たにできる組織を我々の手で乗っ取り、我々の考えるような組織に作り変えるのもひとつの戦術かもしれません。中谷さんは小川元陸軍少将とは陸軍大学校で同期だったと思います。彼はいま第一復員省内に籍があり、政府の内部から工作するには最適の人物です。しかし彼は慎重な性格でなかなか腰を上げようとしません。中谷さん、あなたからも小川さんに働きかけ、我々の運動に協力してくれるように説得してください」

「確かに堀部君の言うように、政府内部から働きかけるのが最も手っ取り早い方法かもしれない。早速彼に会ってみよう。他にも誰か適任者がいれば教えてくれ。すぐにでも彼らに会って、話をしてみることにする」

木内が口を挟んだ。

「中谷さんは旧陸軍の連中から裏切り者だと思われ、命を狙われています。中谷さんが表に出てきたら、逆効果にはなりませんか」

中谷は語気を強めた。

「確かにきみの言うとおりだ。しかし自分の真意を率直に話せば、必ず相手に伝わるはずだ」

彼らの会話に苛立ったのか、それまで黙って彼らの会話を聞いていたジュリアス少将が突然話の本筋に大胆に切り込んできた。

「驚いたことにこのような大戦を経験したあとにもかかわらず、いまだに国家と国家との間の争いは話し合いによって解決できると信じている連中がいる。しかし現実には、軍の力を背景にして圧力をかけなければ何事も解決できない。紛争を未然に防ぐためには武力が必要だ。そして自分たちに被害が及ぶ前に武力をもって取り除くことが肝心だ」

　堀部はそれに答えて言った。

「ジュリアス少将殿の言われるとおりです。しかし残念なことに、世界の国々は日本が兵力を備えた国として甦ることを恐れています」

　中谷が言った。

「いずれにしても時間はない。戦争放棄を主眼とする憲法改正案が国会で決議され、成立する前に、再軍備の準備を整えておく必要がある」

　ジュリアス少将が言った。

「今度の憲法改正案の土台となった連合国軍が作成した憲法改正草案は、マックス元帥の指示の下で民政局が数日で作り上げたものだ。しかしあなた方ももうすでにご存知のこととは思うが、民政局のスタッフの多くは法律とはまったく無縁な連中で、法律を作成する能力など一切持っていない。そこで彼らは国連憲章や各国の法律から適当な条文を見つけてきて、それらを適当に組み合わせ、それで曲がりなりにも法律の体裁を整えることにしたのだ」

木内が喚いた。

「日本人の魂である憲法が、そのような安易な方法で作られたものを土台としているのだとしたら、それこそ国の恥です。誇りある人間ならそのようなことを決して許さないでしょう」

ジュリアスが皮肉まじりの笑みを浮かべて言った。

「日本政府が独自に作成した憲法改正要綱は、連合国軍からにべもなく突き返されたそうだ」

木内が尋ねた。

「どこが連合国軍の気に障ったのですか」

「天皇を国体の中心に据えた現在の憲法の骨格部分は少しも変えず、ほんの一部の条項だけ民主主義風にアレンジした改正案だったそうだ。日本政府に任せておいたらいつまで経っても埒が明きそうにないので、自分たちの手で草案を作ることに決めたそうだ」

「ところでなぜそんなに憲法草案の作成を急いだのですか」

「マックス元帥が憲法草案の作成を急いだ理由は、アメリカ以外の連合国、特にソ連が、同じように戦争を戦い、同じように血を流したにもかかわらず、アメリカだけが独占的に日本を支配しているいまの現状に不満を持ち、マックス元帥の手から権利を剥奪し、日本の占領政策に自分たちも参画したくなったからだ。さすがにアメリカも世界中の眼が自分たちに向けられている中で、一方的に、自分たちだけに都合のいい占領政策を推し進めていくことが難しくなり、仕方なくソ連や他の連合国の意見を受け入れ、占領体制を極東委員会主導の体制に切り替えることにしたのだ。マックス元帥の独裁体制は遂に幕を閉じることになった。しかし彼は自分の手柄が他の国の連中に、とりわけソ連に横取りされるのが嫌で、自分の権限が極東委員会に移行する前に、戦後の日本の体制を決めてしまい、世界史の中に自分の足跡を残しておきたかったのだ」

中谷がジュリアスの顔をのぞき込むようにして尋ねた。

「あなたは新たに生まれる組織を反共の最前線へ送り込もうと計画しているのですか」

ジュリアスは慎重に言葉を選んで言った。

「誤解しないでほしい。わたしは日本をアメリカ軍の一部として利用しようと考えているわけではない。共産主義の思想は、民主主義の思想の根幹である自由と多様性を認めない、人民の人権を無視した邪悪な思想だ。このような危険な思想が世界中に広がっていく前に、それを阻止しなければいけない。そのためにはアメリカをはじめとする民主主義の国々がひとつにまとまって、共産主義の国と戦う必要がある」

中谷が重ねて尋ねた。

「憲法改正の成立を阻止するチャンスはまだ残っているのですか」

「国会に提出された憲法改正案のひとつひとつの条項にケチをつけ、改正案そのものを無効にするのもひとつの方法かもしれないが、それはわたしの管轄外の問題だ。わたしにできることは共産主義の脅威を説き、共産主義と戦わなければ世界に平和は訪れないという気運を作り上げ、日本の再軍備化を実現することだ」


いま中谷たちにできることは政府内部に自分たちの勢力を確保して、憲法改正に向かって動きだしている連中を排除し、憲法改正の阻止を目論む連中と入れ替えることだ。そのためには、場合によっては右翼の巨頭の麻野富雄と手を組み、政府や政党の要人たちの暗殺を決行する必要があるかもしれない。

木内はその翌日、連合国軍の様子を探るために川崎美子に会った。彼は美子の顔を見るなり尋ねた。

「民政局の動きに何か変わった様子はないか」

美子はぷっと頬を膨らませ、皮肉まじりに言った。

「木内さんはわたしたちのこれからのことを話し合うよりも、日本のことのほうが大事なのね」

「そう怒るなよ。これは日本にとって大事な話だ」

「どう大事なの。わたしにわかるように説明してくれない」

「これからの日本の進んでいく方向がここ数か月の内に決まるかもしれないのだ」

「どういうこと」

「日本の魂がアメリカに吸い取られてしまうかもしれないということだ」

「その魂とやらが戦前の日本の魂なら吸い取られてもわたしは一向に平気よ」

「本気でそんなことを言っているのか。日本は二千五百年近くの歴史を持つ……」

美子は木内の話を遮った。

「そんな話はもう聞き飽きたわ。わたしたちはお国のためなら喜んでわが身を国に捧げるようにと学校で教えられてきたわ。その結果がこの有様よ。わたしたちの国は進むべき方向を間違ったのよ。欧米諸国のように個人の人権を尊重し、個人の集合体としての国づくりに努めるべきだったのよ。それをどう思い違いしたのか知らないけれど、天皇を中心とした超自然的な国家が存在すると信じ込み、それと一体になることを国民に強要したのが戦前の日本よ。国の指導者たちはそれが至上の道徳だとでも思っていたのかしら」

「どこからそんな考えを学んだのだ」

「木内さんはわたしに連合国軍だと言ってもらいたいのね。確かに連合国軍の人たちからわたしの知らないことをいろいろと教えてもらったわ。でも彼らに教えられる以前からいま言ったようなことを考えていたような気がするの。わたしたちは旧憲法を改正して、本来あるべき姿へ戻ろうとしているだけよ。そして国はそれらの権利が国民にあることを憲法で保障する義務を負っているのよ」

「自由だ、自由だと叫んで浮かれていたら、国内の秩序が乱れ、外国から襲撃される危険性がある。それらの恐れを取り除くためには、ひとつの統一した考えでもって国を統治していかなければならない」

「戦前のような強権的な独裁政権が必要だと言いたいのね」

「眼を逸らさずに世界の現状をありのままに見てもらいたい。欧米列強は発展途上の国々を武力でもって制圧し、植民地として支配している。日本だってひとつ間違えば欧米列強の餌食になっていたかもしれない。日本は黒船来航以来、欧米列強の武力に怯え、開国を強いられ、不平等条約を無理やり締結させられた。もしそのとき日本に外国と互角に戦える戦力があれば、このような惨めな状態にならずに済んだはずだ。明治政府はそのことを教訓にして富国強兵政策を実施し、日本の存亡を脅かす存在になっていた欧米列強のひとつであるロシアと戦い、見事に勝利をおさめ、日本の国力を世界に示すことができた。そして日本の国力を背景にして次々と不平等条約を改正し、主権の回復を図ることに成功した結果、日本人としての誇りを取り戻すことができた。これは政府の強力な主導権の下で国民のこころをひとつにして戦ったからできたことで、それがなければ到底達成することはできなかったはずだ」

美子が噛みついた。

「裏を返せば、それは国民を強制的に国家に奉仕させ、個人の生活を破壊したということと同じよ。多くの国民は赤紙一枚で戦場へ狩り出され、命を捨てたのよ」

どこまでも自分の考えに反対する美子に木内は苛立ってきた。

「国が強ければ、国民は外国からの脅威に怯えることもなく安心して平和に生きていくことができる。国が滅びたら、奴隷になるしかない。植民地の人々を見れば、そのことがよくわかるはずだ。彼らがいまどのような生活を強いられていると思う。彼らは欧米列強の人間を主人として崇めることを強制され、奴隷のように従うことを強いられている。このような悲惨な現実から眼を逸らせてはいけない。美子さんの言っていることは理想論にすぎず、あまりにも現実からかけ離れすぎている。連合国は日本をもう二度と連合国軍に逆らえないようにするため、非現実的な理想主義を声高に叫び、日本をどこにも根を下ろすことのできない国籍不明のコスモポリタンの国にしようとしている。彼らに騙されてはいけない。彼らはあくまでも自国第一主義の国であって、決して日本をよくしようなどとは思っていない」

「理想を追わなければ、何も変えられないわ。もし仮にすぐには実現できそうもない理想であっても、一歩でもその理想に近づけるように努力するのが人の務めよ。そうでなければ人類に明るい未来は訪れないわ」

木内と美子との話は以前と同じようにいつまで経っても平行線だった。世界中で戦争が起こっている。そして敗れた国は悲惨な目にあっている。

話の途中から言い争いになり思いがけない方向へ話は逸れていったが、やはり木内は憲法改正の動きが気になり、改めて美子に尋ねた。

「民政局に何か変わった様子はないか」

「そういえば、最近になって、また以前と同じように政府の役人が盛んに民政局に出入りしているわ。どうも国会での憲法改正の動きと関係しているようよ」

憲法改正の手続きが遂に最終的な局面に向かって動きはじめたようだ。


それから数日して今度は逆に木内は美子に呼び出された。

「この前の話の続きだけど、ここのところ民政局の動きが激しくなってきたわ。部屋の中からときどき怒鳴り声が聞えるの。その声の主は民政局局長のアーサー・グリス准将よ」

「何を叫んでいるのだ」

「そのような案は到底飲めない。ここはこのように改正すべきだ。もしこのようにしなければ天皇を軍事裁判にかけてやる。もしなんだったら、原子のひかりの下で日光浴をしてもいいのだ。そんなことをあの連中は大声で喚いているわ」

「日本の役人たちは何も言わず黙って聞いているだけなのか」

「逆らってみてもどうすることもできないことを彼らは知っているのよ。慌てて部屋から飛び出して、三、四十分ほどして、また部屋へ戻ってきて打ち合わせをしているわ。彼らは憔悴しきっていて、可哀そうに眼の下に大きな隈ができているわ」

木内は話を聞いているうちに、悔しさのあまり大粒の涙が眼からこぼれ出てきた。すぐにでも連合国軍の総司令部の入っている建物に駆け込んで、彼らに一太刀浴びせてやりたかった。彼は熱く燃え上がるこころの中で、このような屈辱を受けてまで生き延びるよりも、ポツダム宣言など受諾せず、いっそのこと玉砕覚悟で本土決戦を挑み、壮絶な最期を遂げるほうが日本にとって望ましい姿ではなかったのかと思った。

しかしそのような機会はすでに失われていた。いまは連合国軍の眼を盗み、少しでも自分たちに都合のいいようにこっそりと条文の一部を書き換え、そこに自分たちの意地を示すしかないのかもしれない。

美子は木内の、一度思い込んだら一歩もあとに引かない、一途な激しい気性を知っていただけに、いま木内が何を考え、何に苦しんでいるのか痛いほどよくわかった。このまま放っておいたらどんなことをしでかすかわからない。そう思うと木内のことが心配でたまらなかった。

「木内さん、時代は大きく変わったのよ。これからは考え方を変えて、新しい日本の誕生に向かってみんなで手を携えて進んでいくべきよ。父と手を組んで何かを企んでいるようだけど、そんなことをしたらひどい目に遭うわよ。わたしのことを大切に思ってくれているのなら、父と別れてちょうだい。これからはふたりで幸せな家庭を作っていきましょう」

木内は美子の気持ちをありがたく思ったが、それに同意する気にはなれなかった。

「わたしにはやり残したことがある。それを成し遂げなければ新しい生活へ進むことはできない。美子さん、どうかわたしの気持ちを理解してほしい。いまもまだこころは以前のままの軍人だ。自分の信念を貫くためなら命を捨てる覚悟はできている。美子さんも父親を軍人に持ち、元軍人を恋人にしているのだから、未練を残さず、潔く戦ってくれと言ってわたしを戦いの場へ送り出してくれ。戦争はまだ終わっていない。戦いはいまもまだ続いている」

「何を馬鹿なことを言っているの。日本は無条件降伏したのよ」

「政府は白旗をあげたかもしれないが、国民のこころはまだ敗北を認めていない。次の戦いに備えて準備をはじめた者もいる」

美子は木内が何を言おうとしているのかよく理解できなかったが、何とかしてその暗闇の世界から彼を救い出してあげたかった。

その十四

トマス・マックス連合国軍最高司令官の承認を受け、三月初旬、日本政府から憲法改正草案要綱が発表され、それに基づいて、戦後初の総選挙後の四月の中旬、帝国憲法改正案が発表され、戦争放棄、陸海空軍の戦力の不保持が国内外に高々と宣言された。しかしそれに不満を持った者は旧日本軍の関係者だけではなかった。連合国で構成する極東委員会はマックス連合国軍最高司令官が行った承認行為は彼の権限を大きく逸脱した越権行為であると言って、日本政府が発表した帝国憲法改正案を激しく非難した。そして極東委員会で作成した「新しい日本国憲法のための基本原則」を七月初旬に日本政府に提示し、その基本原則に準拠して帝国憲法改正案の条項を変更するように強く要請した。しかしマックス元帥はそれらの要請をはねのけ、自分が行った承認行為は極東委員会に権限が移行する前の、まだ自分に権限がある間に行った行為であり、決してソ連などが言うような越権行為ではないと主張し、アメリカを除いた連合国、特にソ連と真っ向から対決した。

マックス元帥は理屈はどうあれ、人から自分が非難されることが許せなかった。彼は極東委員会のメンバーの言うことには一向に耳を貸そうとせず、強引に自分の方針を貫いた。そこに摩擦が生じないわけがない。彼らは一進一退の攻防を繰り広げた。しかし連合国軍を統括し、命令ひとつで軍隊を動かす権限を与えられている元帥の力は絶大だった。日本政府は極東委員会の存在など無視して、元帥の顔色ばかりを窺っていた。元帥が黒いものを白だと言えばそれに従った。

このように理不尽な追従を強いられるのは、まだ十分に戦える戦力が国内にあったにもかかわらず、連合国軍の脅しに屈した政府が白旗をあげ、無条件降伏し、武装解除したからだと誰もが思った。中谷たちもまた、その現実に苛立ち、何とかしてその現実を変えなければ、このまま日本は埋没し、連合国の下で屈辱的な日々を送ることを強いられるのではないかと危惧した。

木内は酒気を帯びて赤くなった顔をさらに赤くして、テーブルを激しく叩いて悔しがった。

「このまま何もせずマックス元帥の言いなりになっていたら、日本の偉大な精神のすべてが抜き取られた、骨なしの得体の知れない憲法が出来上がってしまいます。どこの国がこのような、民族の誇りを失った、不甲斐ない憲法を持っているでしょう。日本の有様を示す憲法の冒頭には、日本の国土の美しさと日本民族がこれまで歩んできた偉大な歴史とを明確に記載したうえで、そのことを国内外に向けて明らかにし、民族としての誇りを国民全体で共有するべきです。それがこの憲法にはどこにもありません。この憲法改正案を見て、どこの国のどこの民族の憲法か当てることのできる人がいるでしょうか。これは聖人君子を気取った、腰抜けどもの戯言のような、日本人の血と肉体と魂を失った憲法です。このような憲法が日本の精神だと言われたらたまったものではありません」

中谷が大きくうなずいた。手には酒の入ったグラスが握られていた。

「木内君の言うとおりだ。わたしたちはこの憲法の成立を暴力に訴えてでも阻止しなければならない」

場所は中谷が宿舎としてジョン・コニン首席検察官に頼んで手配してもらった、洋館建てのマントルピースのある建物の一室だった。敷地内には連合国軍の検察官の宿舎があり、暴漢たちに襲われる心配はなかった。彼らが囲むテーブルの上には酒のビンと連合国軍から手に入れたかなり豪華な酒のつまみが並べられていた。彼らは日本政府の不甲斐なさに苛立ち、酒でも飲まずにはいられなかったのだ。中谷と木内はその苛立ちを隠そうともせず、あたりを憚ることもなく暴言を繰り返した。そばでふたりの様子を見ていた美子はふたりの愚かな振る舞いに腹が立ち、彼らの会話に割って入った。

「こんなところで酒の力を借りて嘆いているなんて最低よ。男ならもっと毅然としてこれからの日本のことを考え、戦争のない平和な社会を作るために、いま自分たちに何ができるかを真剣に考えるべきよ」

美子の言葉にムカッとして、木内は血相を変えて言い返した。

「美子さん、こうなったら非常手段に訴えるだけだ。人民を蜂起させ、役場や警察や放送局を襲撃するのだ。そうでもしなければ日本政府は眼を覚まさない」

「そんな恐ろしい話はやめて。みんなで話し合って、みんなが納得できる憲法を作るのよ」

「腹を割って本気で話し合える状況でないことは、民政局の動きを見ても明らかだ。彼らは裏で彼らの思いどおりに国の最高決議機関である国会を操っている。何をするにしても連合国軍最高司令官の許可がなければどうすることもできないということだ。このような占領下で何を話し合えというのだ」

「いまだに戦前の古い思想に毒されている連中が政府の中にも国会の中にもいっぱいいるわ。そして彼らは相も変わらず大きな顔をしてのさばっている。そんな連中がいる限り日本はよくならないでしょ。彼らの石頭を誰かが力尽くで叩き割る必要があるわ。その役目を果たしてくれているのが連合国軍最高司令官よ。そうでもしなければ日本は新しい国に生まれ変われないわ」

中谷が皮肉を込めて美子に尋ねた。

「お父さんも頭を叩き割られるひとりか」

「悲しいことだけど、考えを変えない限り、そういうことになるわ」

木内が横から言葉を差し挟んだ。

「美子さんに言わせれば、わたしもそのひとりだということだね」

「そういうことになるわね。戦争の時代は終わったのよ。これからの時代は武力ではなく、民主主義のルールに従って多数決でもって物事を解決していかなければならないのよ」

木内が気色ばんで言った。

「誰がそんなことを言っているのだ。もしそれを言っているのがアメリカだとしたら、それこそお笑い種だ。武力でもって他国を占領し、武力にものを言わせて自分たちの都合のいいように他国を操っているのはどこの国だ」

美子が声を張り上げた。

「木内さんの言っていることは間違っているわ。連合国軍は独裁者が支配する国の人民を独裁者から解放するために戦ったのよ。国民ひとりひとりに主権のある民主主義の国を作るために戦ったのよ」

木内が言い返した。

「日本は間違っていて、連合国は正しかったから戦争に勝ったのだとでも言いたいのか。それは間違いだ。彼らの武力が日本の武力よりもまさっていたから、彼らは戦争に勝つことができたのであって、それ以外にこの戦争の勝敗を決した理由はどこにもない。彼らは自国の利益を第一に考える国だ。世界を制覇し、富を自分たちに集中させようと目論んでいる、恐ろしい国だ」

「木内さんには連合国が掲げる民主主義という理念が理解できないのね。自由、平等、人権の尊重。これらは人類が求めてやまない永遠のテーマよ。そしてそれに少しでも近づくために、人類は知恵を絞り、理想の社会を実現するために封建的な社会と戦ってきたの。そういう意味で、連合国軍は日本にとって救世主だわ。彼らの力を借りて、世界の国々に先駆けて、少しでも理想に近い社会をこの日本に実現するのよ」

このような国の将来を大きく左右する緊迫した状況下にもかかわらず、日本政府の役人たちは相も変わらず連合国軍の建物に頻繁に出入りし、マックス元帥のご機嫌取りに終始した。そして四月に発表した帝国憲法改正案を国会に提出するにあたっては、戦後初の総選挙を実施する前に国会に上程すべきかどうかを政府内で検討した。もし総選挙後に上程すれば、このたびのマックス元帥の指揮の下で作られた憲法改正案をこころよく思っていない連中や共産党員や女性候補たちが国民からの多数の支持を得て当選し、それらの革新勢力が多数を占める国会で、アメリカ主導の憲法改正案が否決されてしまうのではないかと危惧した。そんなことを心配するぐらいなら、いっそのこと、そのような事態が起こる前に、旧メンバーによって憲法改正案を決議しておきたかった。

しかしそれに反対するソ連から、新たに国会で決議される憲法は、戦後の日本国民の総意を反映した、総選挙後に選ばれた国会のメンバーによって決議すべきだという強い要請があった。アメリカも日本政府も戦後の民意を憲法に反映させるべきだというソ連からの要請を無下に拒否するわけにもいかず、やむを得ず、憲法改正案を国会へ提出する前に総選挙を実施することにした。四月に行われた総選挙の結果、共産党員や女性議員などの革新勢力が多数国会に登場してきたが、採決の行方を左右するほどの勢力にはならなかった。

衆議院では帝国憲法改正案を検討する小委員会が設置され、非公開で審議が進められることになった。小委員会で審議されている内容は小委員会のメンバー以外には極秘にされていたが、それは建前で、小委員会で審議されている内容は、美子が連合国軍の本部で見聞きしてきたとおり、連合国軍総司令部にすべて筒抜けだった。連合国軍は自分たちに不都合な点があるとすぐにその箇所を変更するようにと指示を出し、小委員会の委員たちはその都度指示に従って条文を変更せざるを得なかった。蚊帳の外にいたのは日本国国民で、彼らは衆議院本会議に最終の憲法改正案が提出されるまで、小委員会で審議されていた変更内容を一切知らされていなかった。アメリカを除く他の極東委員会のメンバーもそれは同じで、衆議院本会議で最終の憲法改正案が上程されて、はじめて自分たちの要望事項が改正案に反映されていないことに気付き、彼らは慌てて日本政府に自分たちの要望事項を憲法改正案の条文に反映させるよう要請したが、それはあとの祭りだった。中谷やジュリアス少将たちの努力も実を結ばず、また暴動も起きることなく、改正案は八月に衆議院本会議で可決され、十一月に貴族院本会議の議決を経て公布された。

新憲法が施行された一九四七年五月三日、その日はあいにくの雨だった。しかしそのような悪天候にもかかわらず、皇居前の新憲法の施行を祝う式典の会場にはコウモリ傘を差した約一万人の群衆が詰めかけ、皇居に向かってバンザイと叫びながら日の丸の旗を振った。また近くの日比谷公会堂では憲法施行を記念して作られた国民歌、「憲法音頭」の発表公演が行われ、東京駅の近くのビルの二階のテラスでは吹奏楽団による記念演奏会が行われていた。


木内は新憲法施行に反対する意思を表すために、美子へはひと言も言い残すこともなく、皇居前の広場で割腹自決することを決意し、新憲法の施行を祝う打ち上げ花火が終わるのを待って、群衆が引きあげたあとの、すっかり静まり返った、街灯のひかりが微かにあたりを照らすだけの皇居前の広場へやって来た。木内は雨に濡れた玉砂利の上に正座し、国民服の上着を脱ぎ、丁寧に畳んで横に置く。そしてワイシャツのボタンを外し、ズボンのベルトを下にさげると、カバンの中に隠し持っていた短刀を取り出し、膝の前に置いた。

そのとき背後から強い力で肩を叩かれた。

「木内君、まだ死ぬときではない。きみの死に場所は別のところにある。きみにはもっと働いてもらわなければならない」

木内は後ろを振り向いた。そこに立っていたのは堀部元大佐だった。堀部の眼からは大粒の涙がこぼれていた。堀部は祝いの群衆が立ち去ったあとも、皇居のそばから離れられず、時間の経過も忘れ、あてもなく皇居のまわりを彷徨っていた。そんな時間の中で、何か覚悟を決めたように毅然として背筋を伸ばし皇居広場に向かって歩いていく男を見かけ、何事かと思い、その男のあとをつけてきたのだ。そして大地に正座し、腹を切ろうとしている男を見て、その男が木内だと気付き、彼は身震いするような感動を覚え、慌てて木内のそばに駆け寄り声をかけたのだ。

「きみとここで会えたのは神様のお導きだ。我々にはやらなければならないことがまだ残っているということだ」

木内は堀部に顔を向けたまま言った。

「それは何ですか」

堀部はひざまずき、木内と並んで正座した。そして木内の膝の前にあった短刀を掴み、上着の中に隠した。

「いまの政権を転覆することだ」

ふたりが薄明りの中、皇居に向かって正座している姿は、誰の眼から見ても異様な光景だった。しかしこの光景は二年前の夏の日の、玉音放送が流れたあの日と同じだった。あの日は多くの国民が無言のままこの広場に集まってきて、皇居に向かって深々と頭を垂れ、大粒の涙を流した。彼らがここへやって来たのは、何者かに対して無心に詫びたかったからだ。それは天皇陛下に対してであったかもしれないし、日本の歴史に対してであったかもしれないし、戦場で散っていった友に対してであったかもしれないし、自らの不甲斐なさに対してであったかもしれない。堀部たちもあの日の彼らと同じ思いだった。堀部たちは自分の無力さに憤り、何もできず、国の恩に報いることのできなかった自分を恥じ、詫びようと思ってここへ来たのだ。しかしこの日はあの敗戦の日とは違い、新憲法を祝う号外が街頭でばら撒かれるほど世間の様子は様変わりしていた。

「こんなことでいいのですか。軍隊を失った国は強力な軍隊を持った大国の傘の下でしか生きていけません。情けないことに、自分で自分の国の安全を保障することができないのです」

堀部は木内の手を強く握りしめた。

「そんなことが許されるはずがない。我々は国民にこの国の現状を訴え、覚醒させなければならない」

「若者たちは戦争のない社会が実現できたと言って、自分たちが作った憲法でもないのに、戦争放棄を得意げに叫んでいます」

堀部は苛立ちを隠さなかった。

「馬鹿げた話だ。そんな御伽噺《おとぎばなし》のような国がどこにある。いまも地球のどこかで戦争が行われている。そしてこれからも毎日どこかで爆撃があり、女や子供たちが殺される。木内君、諦めてはいけない。もう一度気力を振り絞り立ちあがるのだ」

木内の眼に輝きが戻ってきた。

「大衆を蜂起させ、政府の要人を暗殺し、いまの憲法を廃棄し、元の憲法に戻すのです。そうしないとこの国は滅びてしまいます」

「そういうことだ。しかし我々は残念ながら大衆を蜂起させ、政府を転覆させることができるだけの力を持っていない。いま我々にできることは政府の内部にもぐり込み、我々の勢力を伸ばし、憲法の条文など無視して、自分たちが望む組織を政府の中に作り上げることだ」

「新たにできた組織の幕僚長に我々が推挙する小川元少将を就任させ、組織を乗っ取り、そののちに軍隊へと改名し、本格的に装備を整えるのですね」

「再武装の邪魔をしているのは民政局のグリス准将と富沢首相だ。彼らを排除しなければ先へは進めない」

木内は堀部の眼を見つめ懇願するように言った。

「わたしにその役目を果たさせてください。一度は命を捨てると覚悟した人間です。まだ自分の働ける場所があるのなら役に立たせてください」

堀部は木内の汗ばんだ手を力強く握りしめた。

「もう少し待て。そう遠くない時期に必ずきみの力を必要とするときが来る」

木内は堀部の手を握り返した。

「わたしはやりますよ」

その十五

検察側の補足反論が終了し、二年近く続いた裁判もあとは判決の日を待つだけになった。

小田佐吉元首相は極刑を覚悟し、三畳ほどの狭い独房の中で巣鴨プリズンの庭に舞い降りてくるスズメの鳴き声に耳を傾けたり、小さな窓から見える雲の流れを見つめたりしながら、最後の別れを惜しむかのように淡々とした日々を送っていた。彼は子供たちが面会に来ても、「食事は十分に摂っているか」、「身体の具合はどうだ。どこか悪いところはないか」、「世の中が物騒になってきているようだから戸締りだけはちゃんとしておくように」、「火でも出したら、まわりの人に迷惑をかけることになるから火元だけは厳重に注意するように」などといった、日常のこまごまとしたことを尋ねたり注意したりするだけで、いまの自分の心境を語ることはほとんどなかった。

長男の太一郎はそんな父親を元気付けようと思って、

「お父さんはこの戦争の開戦には直接関係していなかったし、軍隊を動かす立場にもなかったのだから、極刑だけは免れるだろうとみんなが言っていますよ」

と言うと、小田は太一郎の不安そうな顔を見て、これ以上心配をかけてはいけないと思ったのか、日頃はあまり口にしなかったいまの自分の心境を語る気になった。彼は目許を和らげ諭すように言った。

「有罪になるのか、無罪になるのか、もうそんなことはどうでもいいような気がする。この裁判は戦勝国が敗者を裁く裁判だ。そこにどんな思惑がうごめいているのかは知らないが、わたしはそれに一切関わるつもりはない。わたしはこの法廷とは別の場所で自分を裁いている。無責任で投げやりな言い方に聞こえるかもしれないが、自分が有罪なのか無罪なのか、その答えをいまもまだ見つけていないし、また見つけられるとも思っていない」

小田は一旦話すのをやめ、遠い昔のことでも思い出すように静かに眼を閉じた。そして少しの沈黙のあと、また話しはじめた。

「わたしは外務省に入省したころからずっと平和協調路線を唱えていたが、実際のところ、自分が本当に戦争を望んでいなかったのか、そこのところがよくわからない。あの当時日本を取り囲む国際環境は刻々と変化し、国内の勢力図も日々変化していった。わたしが政権の座にあったとき、それらの力関係に配慮し、あるときは攻撃的に相手を非難し、またあるときは迎合し、自分の考えている方向へ少しずつでもいいから近づけていこうと努力した。そのようなわたしの姿を見て、わたしのことを弱腰で、一本の筋の通った信念を持たない、その場しのぎの、詭弁を弄する日和見主義者だと言って非難する者もいた。しかし、わたしが考えていた方向へ国が進んでいったかどうかはわからないが、わたしは外交の専門家として、また現実主義者として、自分の持てる力のすべてを使って、そのときどきの政局に即応し、政治家としての務めを果たしてきたつもりだ。その点に関しては少しの後ろめたさも感じない。お父さんのことはお前たちは心配しないでいい。こころは静かで穏やかだ。どのような判決が下ろうとわたしには何の関わりもないことだ。お前たちはお父さんのことなど忘れて自分たちのことだけを考えていればいい」

このような生死を分ける重大な局面に至っても小田には少しも動じるところがなかった。太一郎はそんな父を見て、父の芯の強さに驚いた。もしかしたら父はすでにこの世を捨て、冥界の人となってしまったのだろうか。しかし父には日本を未曾有の敗戦に陥れた責任がある。父はその責任を一命をもって償えば、それで済むとでも思っているのだろうか。太一郎はそうは思わなかった。なぜこのような戦争が起こったのかその原因を明らかにする務めが、この戦争に至るまでの期間、重要な役職にいた父にはあるはずだ。法廷で何も語らず、また判決を待っている間もそのことについてひと言も触れようとしない父親の態度が太一郎には理解できなかった。

「お父さんにはこれからの日本のことについて何か言っておきたいことはないのですか」

「これからのことは若い人たちが若い人たちでよりよいものを見つけ出せばいい。わたしたち老人は若い人たちの邪魔にならないように消えていくだけだ」

戦争責任について父がどう考えているのか、直接父の口から聞きたかった。しかしやめた。なぜならすべてを受け入れ、そのすべてを抱えたまま永遠の世界へ旅立とうとしている父に、もう一度俗世へ舞い戻ってきて、悩み、苦しめというのは酷なような気がしたからだ。

「お父さん、何か差し入れてもらいたいものはありますか」

「別にない。お前たちの顔を見るのが一番の喜びだ」


加納弘二元陸軍大将は、赤紙一枚で無理やり戦場へ狩り出され、その戦いに何の意義も見出せず、不本意のまま恨みを持って死んでいった兵隊たちがいかに多かったか、その現実をつぶさに法廷で開示され、なぜそのようなことが起こったのか理解できず、彼のこころは激しく揺れ動いた。しかし彼は戦場で散っていった英霊たちを戦争の被害者だとは思いたくなかった。英霊たちは祖国を思い、また年老いた両親や愛しい妻や幼い子供たちのことを思い、祖国と彼らを守るために必死で戦い、その熱い思いを戦場に残して潔く散っていったのだと、加納はこころの底からそう信じたかった。死ねば英霊として祭られる。そうでなければ彼らの魂は救われない。しかしいかに多くの兵隊たちが、生きながらえて愛する人々の元へ帰りたかったことだろう。それを「生きて虜囚の辱めを受けず」という戦陣訓の教えに従って、玉砕覚悟で敵の陣へ突入し、無駄死にしていった兵隊たちのことを思えば、そんなきれいごとなど口が裂けても言えないはずだ。

しかし軍国主義の精神を幼年期より骨の髄まで叩き込まれた加納には、魂を鍛錬する神聖な場所である戦場で華々しく散っていった英霊たちの死に報いるためには、その死を甘美なものとして讃えることより他に、英霊たちの霊を慰める方法を知らなかった。

本郷義美元首相は、一時は敗戦の責任のすべてを国民に押し付けて、国民の意気地のなさに憤りを感じていた。国民に最後の一兵になるまで戦い抜くという強い決意と意志があり、勝利への執着がどこの国の国民よりも強ければ、このような無条件降伏などという惨めな形で敗北を迎えることはなかったはずだ。玉砕覚悟で本土決戦に持ち込めば、我々だけでなく連合国軍にも大量の戦死者が出たであろう。そうなれば日本に有利な条件で停戦に持ち込める可能性も残っていたはずだ。しかしいまはそのようなことは一切忘れ、本郷は敗戦の全責任をこの身ひとつで引き受けるつもりでいた。自分は戦局を見間違えた。まだ本格的な戦争を戦える状況ではないのに、敵の作戦にまんまと乗せられ戦火を交えてしまった。この不明を恥じ、天皇陛下と国民に詫びなければならないと、いまは素直にそう思うようになっていた。だが本郷には何が何でも国民に伝えておきたいことがあった。それは何かといえば、戦争に敗れはしたが、日本国民としての誇りを失わず、この苦難の時代を生き延びてほしいということだ。そしていつか必ず、古来より引き継がれてきた日本の魂が甦る日が訪れることを信じて生き続けてほしいということだった。彼はその願いのために恥を忍んで法廷の場に立つことにしたのだ。その戦いは間もなく幕を閉じようとしている。いまは判決が下る日を待つだけだ。

宮田慎也元外相は戦争回避のために開戦間際まで奮闘した人間が自分以外にもたくさんいたことを国民に知ってもらうために法廷で闘った。そしてそのことを証明するために、軍部を激しく批判したことを心苦しく思っていた。彼はできれば、そのような醜い非難合戦だけは避けたかったのだが、生じてしまったあとでは、もう取り返しがつかなかった。巣鴨プリズンと市ヶ谷の法廷との間を送迎するバスの中で元軍人の被告人たちから名指しで、「裏切り者」、「卑怯者」と罵られたこともたびたびあった。宮田はそのことがいまもまだこころ残りだった。そしてまた、自分たちが戦争回避のためにとった行動が法廷で認められなかったことには悔しい思いが残った。

宮田元外相の剛直で妥協を許さない性格が災いし、それが原因となって政府内部に亀裂を生じさせ、この裁判がはじまってからもまだそれが続いていたことは確かだった。しかし彼は腰を低くして自分から人に歩み寄るような性格ではなかった。どこか人から孤立した、超然としているところが彼にはあり、それが人の反感を買ったことは確かだ。

宮田は判決が下るまでに元軍人たちとの和解の道を探ろうとしたが、法廷で争い、傷つけあったあとではそううまくはいかなかった。

ロナルド・ミレル検察官はこの法廷に神が降臨し、神の裁きによって正義の雷がこの法廷に落ちることを願っていた。しかしこの法廷での裁き手は神ではなく、醜い汚れた手を持った人間たちだった。彼らの態度からは、神の法を捻じ曲げてでも、自分たちの都合のいいように被告人たちを裁こうとしているのがありありと見て取れた。ミレルは神の掲げる松明の炎でもってこの法廷を焼き尽くし、それに代わって新たに生まれた法廷で、もう一度最初から神の法に基づいて裁判を行うべきだと思った。神の法に背く者には必ず天罰が下る。彼はその信念を持ち神の代理人のひとりとしてこの法廷に立っていた。しかし悲しいことだが、この法廷では世俗的な駆け引きが横行し、強い者が弱い者をいじめ、弱い者は強い者にすり寄り、人間世界そのままに醜い争いが繰り広げられていた。ミレルは絶望し、いまは、神の臨在する場であるはずのこの法廷を冷ややかな眼で眺めていた。そしてもしこの法廷で有罪の判決が下されるとすれば、裁いた者にもその同じ罪で有罪の判決が下されなければならないと思っていた。

その気持ちはハメル・トプラ弁護士も同じだった。彼は欧米列強が武力でもって他国を占領し、他国の住民の人権を蹂躙し、富を独占しているいまの世界の現状をこの裁判をとおして世界に示したかった。そしてそれがいかに人道に反した行為であるかを訴えたかった。しかしそのような世界の現実には目もくれず、強国同士が醜く争ったこの戦争の本質を隠したまま、敗者を悪だと一方的に決めつけて裁こうとしたのがこの裁判だった。

もし仮にこのようなことが許されるのなら、勝者はいつまでも勝ち続けていなければならないことになる。なぜなら負けたら極悪人として裁かれるからだ。欧米列強、特にアメリカは世界のリーダーとして、自分が定めたルールに従い敗者を裁くために、さらに軍事力の強化を図り、巨大な国家になろうとしていた。彼らは世界のルールを定めることができるのはアメリカだけであり、他国はアメリカのルールに従っていればいいとうそぶき、自国第一主義の民主主義を声高に叫び、世界を制覇しようとしていた。

トプラ弁護士はそのようなアメリカの独りよがりで傲慢な態度を許すことができず、アメリカを何とかして裁きの場に引きずり出したかった。しかしハリウッド的に脚色された政治ショーの中ではそんな思いなど誰も見向きもしてくれず、最後には何人の首が吊るされるかだけが興味の対象になっていった。しかし永遠にアメリカが世界の覇者でいられるはずがない。必ず天罰が下る日が来る。トプラ弁護士もミレル検察官と同じように神が現れる日を乞い願った。

しかしそのように思う彼らのほうが異常だったのかもしれない。裁判は思いがけないほどの時間を要したが、ようやく結審し、いまは判決の日を待つだけになっていた。そして侵略戦争は悪であり、それを計画し、準備し、開始し、実行した国の指導者は、たまたまそのときその地位にいたという理由だけで、共同謀議を行ったかどにより、平和に対する罪という罪名の下で裁きを受けることになった。自分が国の指導者として行った行為が後日裁きの場で問われることになる。そのことを知れば、そこに何らかの抑止力が働くことは確かだ。そういう意味ではこの裁判は正しかったのかもしれない。国の指導者は開戦を決意する前にもう一度戦争をすることの是非を自らの良心に問いただし、別の和解の道を探るかもしれない。しかしそれが幻想であることを人々は知っている。

だが、この裁判をきっかけにして世界の人々は戦争のない世界を求め、模索し、そのルール作りを検討しはじめたことも事実だ。

戸塚弁護士は個人弁護に全力を集中した。その結果、被告人たちの間に亀裂が生じたことは確かだが、何人かの被告人の命を救うことができたと思っていた。また弁護団団長の北島弁護士は被告人たちが国の存続と名誉を守るために戦ったということを強調するあまり、何人かの被告人を死に追いやったかもしれないという悔恨の念は残ったが、彼らを英雄として見送ることができることを誇りに思っていた。そしてまたその中でも特に陸軍出身の被告人たちには感謝されていると思っていた。彼らは自分たちの信念を貫くことにのみ終始し、自分たちの身がどのようになるかについては一向に興味を示さなかったからだ。

ジョン・コニン首席検察官は被告人たちの罪状を暴くために膨大な証拠をかき集め、思いつく限りのあらゆる手段を駆使して、被告人たちの犯罪を立証した。彼は彼が考える正義を実現させるためになら悪魔の力を借りてでもその実現に努力しなければならないと思っていた。そしてまた被告人たちの罪状を厳しく追求する検察官こそが法廷の場での一番のスターだと信じていた。彼は法廷で尊大に振る舞い、ときには大声を張り上げて被告人や証人たちを恫喝し、また手のひらを返したように猫なで声で被告人たちに同情を示し、哀願するように真実を語ってくれと懇願した。法廷内は彼の名演技に酔いしれ、涙を流す者もいれば、立ちあがって拍手喝采する者もいた。法廷は劇場化し、煌煌と輝くライトの下でただ虚しさだけが拡散していった。

秋も終わりに差しかかった十一月の半ばに刑が宣告された。起訴された二十八名の被告人の内、裁判中に病死した二名と起訴の対象から除外された思想家の乗岡強を除くすべての被告人に有罪の判決が下り、本郷元首相をはじめとする七名の被告人に絞首刑が宣告された。絞首刑は十二月下旬に執行され、その日以降、捕虜虐殺などの通常の戦争犯罪で戦犯として裁かれる者以外、平和に対する罪や人道に対する罪で政治の指導者が戦犯に問われることはなくなった。

その十六

極東国際軍事裁判が終わり、あとは講和条約が締結され、日本の主権が回復する日を待つだけになった。国民も敗戦直後の絶望的な状態からようやく抜け出し、少しは将来に明るい希望を持つようになった。

連合国軍の内部では、日本の非武装化を強力に推し進めていた民政局のグリス准将が勝利をおさめ、反共主義者のジュリアス少将が敗北した。また新たに設立される警察予備隊の幕僚長には富沢首相たちが推挙する人物が内定し、自衛のための最小限度の兵力しか持たない組織が誕生することになった。

このような状況下で中谷信夫元少将や木内たちは何をしていたのだろう。

アメリカは中谷たちが想像していた以上に、巧妙で、ずる賢く、人のこころを操ることに長けていた。彼らは口先だけの空虚な理念でも人を動かす力があることを知っていた。彼らは自分たちがその理念とはまったく逆のことをしていることを承知のうえで、幻想的な理念をチラつかせ、人をその気にさせ、言葉巧みに洗脳した。しかしその言葉はブーメランのように彼らの胸に跳ね返り、アメリカもまた、その幻想の世界の中に迷い込み、虚像と現実との狭間でもがき苦しむことになった。

第二次世界大戦後の世界では不思議な現象が起こった。世界中の国々はそれぞれの国の歴史と伝統と文化の違いを忘れ、アメリカに後れをとってはなるものかと、我先に民主主義の国を標榜するようになった。そこに矛盾が生じないわけがない。民衆は着慣れない服を着せられて、ただおどおどするばかりだった。日本もまたその例に漏れず、国籍不明の理想主義の憲法を押し付けられ、それをどう着こなせばいいのかわからなかった。

しかしそのような戸惑いと混乱の中でも若い世代の人たちは散りばめられた民主主義の光り輝く言葉に引き寄せられ、それをそのまま受け入れ、そのような理想の社会を実現しようと思うようになった。

川崎美子が木内に言った。

「自分たちが自主的に作った憲法ではないにしても、新たに誕生したこの憲法は神の手によって書かれた憲法よ。人類史上はじまって以来の悲惨な戦争を体験して、もう二度とそのような戦争を起こさないためには何をすればいいか考えた末に、ようやくたどり着いたのがこの憲法よ。言ってみれば、これからの世界の規範となるべき憲法ということね。わたしたちは天から授かったこの憲法を大切に守っていかなければいけないわ」

木内が反論した。

「書かれている内容がどうのこうのと言っているのではない。民族の血で書かれた憲法でない限り、わたしはそれを受け入れることができない」

「その内容が人類にとって普遍の原理だとしても……」

言い返そうと思えばいくらでも言い返せたが、木内は何も言わず黙り込んだ。こうなったら言葉ではなく、行動でもって信を問うしかない。しかし木内が立ちあがっても、それに続いて立ちあがってくれる者が果たしてどれだけいるのだろうか。

中谷元陸軍少将は法廷での闘争が空虚な空騒ぎに終わったあと、これ以上どう騒いでみてもどうすることもできないことを悟り、一日中雨戸を閉め、暗い部屋の中に閉じ籠もってしまった。娘の美子はそんな父親を見て、自殺しないかと心配した。そう思わせるぐらい中谷は憔悴し、精神の錯乱を来すようになっていた。そして中谷は暗い部屋の中で人の恨みを背負ったまま首を吊って死んでいった。

あの狂信的な思想家の乗岡強は法廷から姿を消したあと一体何をしていたのだろう。彼は本郷たちの刑の執行が終わり、A級戦犯被疑者たちが釈放され巣鴨プリズンから出ていくと、急に病状が回復し、精神病院から退院した。しかし彼はその後は一度も大衆や昔の支持者の前に姿を現すことはなく、学生時代から研究していたイスラム教をはじめとする世界の宗教の研究に没頭した。彼にとってはこの世のことはもうどうでもよくなったのだろうか。そうだとすれば、彼があれほど信じて疑わなかった天皇を中心とする国家は一体どこへ行ってしまったのだろう。もしかしたら彼はそのような現実の世界をはるかに超えた永遠不滅の存在を新たに見つけ出し、それとひとつになる道を求めて突き進んでいったのかもしれない。

ジュリアス少将は民政局のグリス准将との闘いに敗れたあと、連合国軍を去り、南米に渡って、独裁者が支配する政権の軍事顧問としてゲリラと戦い、反共主義を貫いた。

堀部元大佐は陸軍参謀本部に勤務していたときの上官に声をかけられ、いまは民間企業の幹部として世界中を飛び回っている。

木内はどうしたかといえば、彼は誰にも何も告げず忽然と姿を消した。連合国軍に殺され、闇に葬られたという者や、人里離れた山中で自決したという者もいれば、東南アジアの密林に身を潜め、現地の独立運動に身を捧げているという者もいたが、彼のその後の消息を知る者はひとりもいなかった。

川崎美子は木内が姿を消したあと、民政局に勤務していたマリー・イダに誘われてアメリカへ渡っていった。

完

主要参考資料

岩間弘『完成版大東亜解放戦争』上・下　創栄出版
大岡優一郎『東京裁判 フランス判事の無罪論』　文春新書
大塚健洋『大川周明 ある復古革新主義者の思想』　中公新書
児島襄『東京裁判』上・下　中公新書
児玉誉士夫随想・対談『われ かく戦えり』　廣済堂
城山三郎『落日燃ゆ』　新潮文庫
高尾栄司『日本国憲法の真実』　幻冬舎
田中正明『新版 パール判事の日本無罪論』　小学館新書
田中隆吉『裁かれる歴史 敗戦秘話』　長崎出版
田中隆吉『敗因を衝く 軍閥専横の実相』　中公文庫
柘植久慶『詳説〈統帥綱領〉日本陸軍のバイブルを読む』　PHP新書
服部龍二『広田弘毅「悲劇の宰相」の実像』　中公新書
半藤一利・保阪正康・井上亮『「東京裁判」を読む』　日経ビジネス人文庫
日暮吉延『東京裁判』　講談社現代新書
保阪正康『昭和陸軍の研究』上・下　朝日文庫

B・V・A・レーリンク　A・カッセーゼ（編）／序
小菅信子（訳）『東京裁判とその後　ある平和家の回想』　中公文庫
朝日歴史写真ライブラリー
『戦争と庶民　1940―49　④進駐軍と浮浪児』　朝日新聞社
太平洋戦争研究会（編）／平塚柾緒（著）『図説東京裁判』　河出書房新社

この他、インターネットの関連サイトも参考にしております。

著者プロフィール
芝 正也（しば まさや）
1947年８月生まれ。愛媛県出身。
1971年３月、上智大学文学部哲学科卒業。
学生時代に同人誌「紀尾井文学」に小説「アラブの奴隷女」を発表、
また友人の演出で東京新宿のスナックにて戯曲「結婚サギ」を上演。
2012年４月、上場企業　常任監査役退任。

著書
『生き抜け、我らが愚行』（2019年、文芸社）

もうひとつの東京裁判

2020年２月15日　初版第１刷発行

著　者　芝 正也
発行者　瓜谷 綱延
発行所　株式会社文芸社
〒160-0022 東京都新宿区新宿１－10－１
電話 03-5369-3060（代表）
03-5369-2299（販売）

印刷所　株式会社フクイン

ISBN978-4-286-21332-3　JASRAC 出 1911765－901